忆中的乡愁

旧物回声

玉荷 著

农村读物出版社
中国农业出版社
北 京

序

　　中华人民共和国成立后，伴随着社会的进步，时代的变迁，农村中的一些生产、生活物件，逐渐退出了历史舞台，比如浇地的辘轳、薅谷苗的牛鼻圈、割高粱穗子的刀子，比如做饭的风箱、纺线的纺车、罗面的罗床子，再比如喝酒的锡酒壶、吃饭的粗瓷大碗、照明的油灯。这些物件，现在还在吗？会是一种什么状态？二〇一八年秋天，我放下手头的一个写作计划，决定到村里去探寻一番。

　　我选择了西路家庄。

　　因为对这个村，我熟悉。这种熟悉，不是在村里串了几次门，转了几条街，或吃了几顿饭，睡了几宿觉的那种，而是曾一次次在街上滚过铁环，无数个傍晚在麦场上的麦穰垛里捉过迷藏，大冬天吃过用棉袄袖子裹着、从屋檐上打下来的冰挂，闭着眼都能摸到村西神庙旁的大柿子树，听咳嗽声就能知道是穿着毛蓝褂的三婶子，还是捯着一双小脚的二大娘的那种。因为我在村里出生，并生活了十八年。

　　那里，是我的故乡。

　　至今，八十二岁的老父亲，依然在村里住着，而村后的荆山上，则立着母亲的墓碑。她是个淳朴、厚道的女人。疾病使她的生命戛然定格在了五十四岁那年的春天。这也是我心头永远都挥之不去的恨。

探寻是耗时的，我早有心理准备。实际中，却比我想象的还要缓慢。当下的农村，已不像生产队那时候。那时，天不亮，人们就都打开院门，挑水的，倒草木灰的，拾粪的……开始新一天的生活了；敲敲钟，就都拿着镰刀或扛着锄头，在十字街口吊着铁钟的那棵老槐树下集合了。如今管理非常松散。土地，再不是村民们赖以生存的命根子。种庄稼，也不再是他们唯一的生存方式，而是变成了一种辅助，甚至连辅助都不是。谁去哪了，去多长时间了，可能连邻居都说不清楚。大量村民把土地转包给别人，扛上铺盖卷，挤进火车站，登上长途汽车，甚至坐飞机，进入了城市。他们打工、经商，只有过年时，才从山南海北的城市里返回来，然后收拾收拾房子，贴贴对联，上上坟，吃吃饭，热热闹闹地过上那么几天。平时，房子一直都被一把生锈的大锁锁着。有的干脆就在城里买了房子，扎下，过上了城里人的生活。春节都难得见上一面，更甭说平时。就是还在村里的，一早到亲戚家去了，掌灯时分才回来，或因病住院，半月二十天都回不来的，也有。所以，必须一遍遍在胡同里找，不断地叩这家那家的门，不停地跟村里人打听和联系，并耐心地等待。

我时而像个考古工作者，将一件破旧或残损的物件拿在手里，掂量来，掂量去，擦掉上面的泥，或吹去上面的灰，反复观看，然后拍照、记录，询问主人物件的相关情况，再小心翼翼地把它归还给主人。时而像个警探，在村子周围，闲院子里，甚或落满灰尘的老屋顶棚上，废弃的猪圈里仔细搜寻。常常，为不经意间在草棚子里偶得的一个物件而欣喜，比如梳麦子的梳子，打麻绳的线锤子。也常常，为跑遍全村却久寻而未能发现的一个物件而惋惜，比如土坯模子，做饭的锅圈。这样的物件，在村中，应该是永远也不会再见到了，化作永恒的记忆了。

而到村里收旧物件的，也加速了一些物件的离去，比如，在探寻过程中，有人告诉我，宗仁爷爷前几天把一个木头辘轳罐斗卖了，还有人对我说，云祥大哥刚把一盘石磨交给来收旧物件的了，等等。这些东西，少的卖十元二十元，多的六十元一百元，就被装上车，拉走了。他们认为，反正已经不用了，放在那里也是占地方，说不定过几年还坏了，倒不如趁早卖掉，还能赚上几个钱。

我不能阻止村民对旧物件的处理，没理由，只有加速探寻，抢在他们将旧物件处理之前。

这样，我先后探寻到了一百多个已经或即将退出村里生产、生活的物件，并逐一拍摄了照片。算算，历时将近半年。

我的目的不是收藏，也不是为这些物件唱挽歌，作为一个历史爱好者、文学作家，只是想通过我的探寻和对这些物件的展示，见证新中国成立七十年来，中国农村所留下的那些足迹。

目录

旧物回声·

记忆中的乡愁

目 录

第一章 探寻从意外开始

水泥大瓮·大铁锅·老式桌子·独轮车

水　泥　大　瓮

探寻一开始，却并不怎么顺利。

我开车回到西路家庄，进入父亲住的那个胡同，里面正在对水泥路面进行整修、扩展，胡同边上堆着石子、水泥、沙子，还有搅拌机。几个村民正拿着铁锨在那里干活。

实施乡村振兴战略后，村里对每一家的厕所都进行了改造，临街的房屋墙壁全都进行了粉刷，家家都架上了天然气管线，水泥道路也全都进行了整修、拓展。村子，越来越像个新农村的样子了，再不是"夏天臭烘烘，雨天一脚泥"。

我见胡同里不能停车，就继续朝前开，想停到父亲房子北边。那里有一处空地，长着一些碗口粗的白杨树。

空地的北边，紧挨着，曾有一条土路，往东北，穿过郝家庄，是公社，有沙子路去往县城，那里有电影院、冰糕，是小时候的我们十分向往的地方；朝西南，越过寇家庄，是金岭铁矿，有无轨电车。当年，土路上曾有行人、马车来来往往，间或还有拖拉机，甚至绿色的解放牌卡车，是西路家庄与外边联系的一条主要通道。现在，这条路早已荒芜了，只剩了杂草中那隐隐约约的路的轮廓。偶尔还有行人走过。

人们外出走村南新修的柏油路，画着白色的交通标线，路口有红绿灯。路非常宽阔，双向四车道，与南边相平行的济青高速公路上一样，喇叭声声，车轮沙沙，车来车往，一望无际的庄稼地之上，一派繁忙的现代化景象。

越过北边的土路，曾有一个杏园，南北一溜排列着一些大杏树，有的要两个成人才能合抱过来。童年时，每当杏儿成熟的时节，这里就会成为我和小伙伴们经常惦记的地方。有一回，我们见村里看杏的不在，几个人悄悄爬上高大的杏树，骑在树杈上摘杏，看杏的从村口吆喝着跑来了，我们赶紧从树上往下爬，但我爬得高，其他几个小伙伴从树上下来，跑了，我却未能下得来。看杏的是村里的贤存大爷，他跑过来后，站在树下，仰头对我说："别着急，孩子！我不告诉你们老师。慢点，别摔着了！"然后看着我爬下来，抬起手，摸摸我的头，拾起掉在地上的杏，塞进我的衣兜，"快走吧！"

我至今记得他的模样，瘦瘦的，高个子，背有点驼。彼时他应该还不到五十岁，搁现在属年盛体壮之列，但已经很老了的样子。他没有子女，去世已经多年了。活着时，住在村子最西边，院墙外面有很多香椿芽树，每年临近清明的时候，一朵朵红红的香椿芽儿挺立在树枝之上，微微的，透着扑鼻的香。现在，那些香椿芽树早没了，房子也早都无影无踪了。

如果把村子看作是一棵树，贤存大爷就是树上的一片叶子，村子依然立在那儿，苍穹之下，天长地久的样子，他却从树上飘落下来，融入春泥，消散了。

人就是这样，活着是暂时的，死亡才是永恒的。虽然宇宙广阔无际，时间无限之长，但谁都不能指望在死去之后，还会有那么一天，能够再活过来，睁眼看一看这个繁花般的世界。无论是拥有多么巨额的财富，或是拥有多么至高无上的权力。

旧物回声：

记忆中的乡愁

我把车朝白杨树间的一个空里倒。旁边一个柴火垛，地上散落着一些麦穰和碎草，车轮陷在里面，倒不动。我踩油门，大了，车猛地一退，方向没打及，车右前门剐在一棵白杨树上，凹进去了一块，白杨树也去了块皮。

车是我刚买的，还不到半年。下车，察看完车况，给保险公司打电话，报告姓名、车号、行驶证号、保单号、地点，对方说很快就过来。问很快是多长时间，答得一个来小时。

等待是漫长的。所有的等待都漫长，与焦急度成正比。我琢磨着，是在这儿等呢，还是先到父亲那儿，过会儿再过来。扭头，旁边有一个废弃的篱笆院，没有门，荒草没膝。探身瞅了瞅，然后左一迈，右一跳的，寻找着能落脚的地方，躲避着槐树上探过来的一些乱树枝，走了进去。

里边东西窄，南北长，有一个坍塌破败的空心水泥砖房子。房子低矮，简陋。已没有门，只剩破落的门洞，开在南边。

后来我问父亲，这是谁的，父亲一会儿说是路云恩的，一会儿说是路云琪的，说他年龄大了，不太注意这个地方，搞不清到底谁的。我又问路云秋，他是我大爷的三儿子，在我们家排行老六，我们打小关系不错。云秋说是路云琪的，文存叔的小儿子，问我知道吗？我说知道，不是路云刚的弟弟吗？两岁就没了母亲，是他父亲和奶奶把他拉扯大的，挺不容易的。路云秋说对。他在那里养过猪。

房子里面塌得乱七八糟，一堆堆的土，还有几根东倒西歪的水泥檩条。五六片白塑料布在风中抖动着，发出"噼噼啪啪"的响声。门洞外面有破沙发、烂塑料管子、坏了的塑料水桶、破鞋，和散落的杂七碎八的东西。看样子已有日子没人来过。时间短了不会这样。

记得小时候，这里往北曾有一片坟地，坟头老高，长满荒草。老人讲，是西路家庄迁到寇家庄那支路姓先人的。逢年过节，寇家庄的路姓人都要提着供品、拿着酒壶，来坟前上坟烧纸。

县志上记载，西路家庄路姓的先祖是路遵，他于明洪武二年（1369年）由直隶枣强县迁到西路家庄后，共繁衍了三支，除了寇家庄的一支，西路家庄的一支，另一支迁到了南边的周家屯子。这些，路氏家谱上也都有，我看过。

往东偏南不远处，也曾有一处坟地，青砖砌的坟洞是圆的，上面几个青砖收顶。往下，鼓着圆圆的肚子，很深，和井一样，与我们这里其他坟不一样，说是蒙古坟。坟头不大，还逐年缩小，因为每年清明，从未见有人给坟添过土，也从未见有人来坟前上过坟。那时，放学后，我们几个小伙伴经常提着篮子，到那里挖野菜、打猪草。

我大爷活着的时候说，那里曾有一棵白杨树，非常大，树干离地四米高的地方，直径都还超过一米，究竟是什么时间栽的，谁栽的，无人知晓。一九五八年，大杨庄那里开煤矿，为了做巷道的支架，锯了。但两边用大马锯锯透后，树竟依然屹立不倒，后来，晚上刮大风，刮倒了，全村人都听到了那声沉闷的轰响。解木头时，在地上刨了一个既大又深的坑，先把树干立到坑里，固定起来，然后用大锯由上往下锯。拉锯的人站在高高的凳子上，抻着胳膊。我们家的面板，就是那时用从上面锯下来的一块下脚料做的，现在老父亲依然用着，包饺子、擀饼、擀面条。有一米二长，七十厘米宽。最早比这还要长，嫌太大，不方便，锯下一块当了剁菜的板子。那块剁菜板子，已经坏了，扔了。

后来，这些坟全扒了，成为平地了。

蒙古坟那里，改革开放后，为了发展经济，村里投资建了一座砖窑烧砖。压砖坯子的机器，日夜轰鸣。扒土、推砖坯子的人，川流不息。拉砖的马车、地排车、拖拉机，络绎不绝。那时，改革开放刚刚不久，中国大地上，一派雨后春笋般的建设景象，到处是打桩机、脚手架，不是这里开工厂，就是那里建大楼，因此，对砖的需求量特别大。西路家庄跟北方的很多村庄一样，为了致富，便适时地竖起大烟囱，建起砖窑，烧砖卖砖，前后烧了三十多年。现在，为了保护环境和耕地，这个砖窑已经停烧了。起土压砖坯子时，曾刨出过一个物件，说是古钱模子，被上面的一个文物部门收走了。历史上，这里曾属古齐国，开国之君是大名鼎鼎的姜太公。临淄是齐国故都，又是世界足球起源地，就是刨出枚刀币，抠出把古剑，甚或牺尊，都不足为奇。

我躲过那些散落的东西，扭过头来朝西看，门洞不远处，竟有一个水泥大瓮，眼睛不由一亮，走了过去。这在四十年前，可是村里一个不错的物件。除麦收和秋收时，生产队从仓库里搬出十个八个的，放到场上的麦垛或玉米垛旁，里面灌满水，防备发生火灾外，得好好搁起来，盛粮食。那时，冷不丁就会发生火灾，房子全都是麦秸盖顶，村里到处都是柴火垛，稍不留心就着了。全村男女老少提着水桶、端着脸盆，全都黄黄着脸，跑来朝火上泼水。烤烟炉、柴火垛、大队办公室、村民家中，都发生过火灾。

探头冲瓮里看了看，里面落了小半瓮烂树叶、杂草和尘土，以为坏了，转圈看了看，整个瓮完好无损。再看，旁边破屋土墙边，还立着这个瓮的水泥瓮盖。我拿手拃了拃瓮高，又拃了拃瓮口周长，估摸要是盛麦子，大约得四百多斤①。于是掏出照相机，对好，按下了拍摄键。

没想到，我的探寻，意外的，竟从这个水泥大瓮开始了。

云琪废弃养猪场旁的水泥大瓮

二十世纪七十年代末、八十年代初，西路家庄随着化肥使用量的增加，通电后灌溉力度的加大，机耕的普遍实施，特别是安徽凤阳小岗村实施家庭联产承包之后，农村改革之风劲吹，西路家庄粮食产量逐年大幅增加。以前，村里家家基本就一到两个窑上烧的那种黑扑扑的大瓮，多的三个，装粮食绰绰有余。即使是人口多的，有十口八口的，再增加个苇折子也够了。瓮里装不下了，苇折子圈上面，一圈圈卷上去，照样盛不少粮食。不过一般都用不上，

---

① 1斤为0.5千克。

打粮食太少，做个预备而已。最少的时候，比如一九六〇年，村里人说，那麦子都不用镰刀割，手拔，打完了场，生产队分麦子，每人五斤。我母亲拿了个书包去，一书包把我们全家人的麦子全都装了回来。回家放进一个鱼鳞坛子，正好一坛子，盖上盖，搁在了墙上的一个龛子里。你说就这点麦子，还能有什么指望呢？吃，塞牙缝吗？当种子都不够。

鱼鳞坛子

那时，天天吃糠咽菜，根本见不到白面，就是过年了，包顿饺子也要掺上其他面。宗义爷爷，高个子，会木工活，经常给人做东西，以前还被召到西申家桥做过木火车，二〇一六年已经去世了。有一年腊月，临近春节，他推上独轮车，到西南几十里①外的一个煤矿上推了一车煤，然后又往北，推到好几十里外的博兴卖了，加上带去的钱，九元钱一斤买了几斤麦子，带回来到碾上碾了，带着

---

① 1里为0.5千米。

麸子，准备过年包饺子用。可就这么点麦子面，哪能够？年三十晚上，宗义奶奶把胡萝卜洗净，擦成丝剁碎，拿筷子从油瓶里蘸出几滴油滴上，撒上盐，把面倒进盆里，又掺上一些地瓜面和面。由于地瓜面掺多了，包时感觉不怎么筋道，担心直接下锅里煮饺子会变成一锅粥，大过年的，不吉利，就先把饺子放算子上蒸，差不多时，再从算子上一个个取下来下到锅里。那时，越是吃不上越是能吃，全家每人四大海碗，还都感觉没吃饱，寻思着，要是再有几碗，就好了！

村里的鸾芳姐说，你说那时，人怎么就那么能吃呢？笑话一样。

左存叔，今年七十一岁了。村里的云田哥跟他年龄相仿，当过兵，去年已经去世了。他在部队的时候，还给我们家邮寄过一枚毛主席像章。这枚像章比银圆稍大，正中间是毛主席像头，周围是蓝色的底子。夜晚会发出白白的光。天越黑，越亮。我一直戴着。那个时候，村里人人都戴像章，大的，小的，各式各样，规规矩矩地戴在左胸前。后来，这个像章不知搁哪里了。我曾找过，碗橱下的木箱子里，西屋的大瓮后头，南屋的猫道里，但摸了满手灰，甚至抠出好几粒老鼠屎，却只从老房子上房里间炕角处找到一枚不是夜光的，另外还有一个红卫兵袖章，一个文书盒子，一本封皮卷卷着的红塑料皮《毛主席语录》。现在，老房子早就拆了，就地推平，我哥在上边盖新房子了。老父亲也搬到村北现在他住的这套新房子里了。

左存叔和云田哥十来岁的时候，早晨上学基本不吃饭，因为没饭可吃。村东南角上，杏存叔家有一小片洋姜地，刚长出小洋姜，他们两个就悄悄去抠，朝褂子上擦擦泥，也不洗，就那么放嘴里吃。可洋姜这个抠、那个抠，时间不长就没了，他们再到别处去寻寻觅觅，青青菜、苦菜、榆树皮、杏叶子。有一回，不知谁家在碾上碾萝卜缨子，碾砣没扫干净，上面沾着一点点，他们两个赶紧爬到碾盘上，一点一点往下抠，然后填到嘴里。到最后，没法再抠了，干脆趴碾砣上用舌头舔，吃得满嘴生香。

那种香，现在的年轻人已经无法想象了，只有那时的人才有深深的体会。我大爷大前年已经去世了，他活着的时候曾说过，当时，根本就没想到能活过来，谷糠、玉米芯、树皮、野菜，所有能吃的东西，全都吃光了，以为指不定哪天，道上一歪，就去见先祖了。只差一口气了。

而有的人，就没能活过来。那是新中国成立后的一个疮疤，杏存叔、武存婶子、解存大娘、鸾芳姐、云亮哥，村里凡是七十来岁的，都记忆深刻。

到人人都能吃上饱饭，已二十世纪七十年代末了。顿顿都能吃上白面，离今天也就才三十多年，大概是一九八五年之后。

粮食打得多些以后，原先那一两个窑上买来的大瓮装不下了。虽然苇折子可以增加大瓮的容量，但上面敞开着，落土不卫生不说，也挡不住老鼠偷吃。那时老鼠特别多，大白天就在院子里跑来跑去。一到晚上，跟造了反一样，炕前的地上、顶棚上、碗橱上、房梁上，"叮叮当当"响。我胆小，每回晚上睡觉都得拿被子把头蒙上。可老鼠却贼胆大，在炕上沿着睡觉的被子来来回回地爬，挺忙碌的样子。更胆大的，竟从我头顶上"簌簌"而过。所以，还是直接用瓮盛粮食，上面再盖上瓮盖保险。

那时手头还不怎么富裕，没那么多钱到窑上买烧的瓮，便选择了用水泥做。这样算起来，比到窑上买能便宜一些。

　　西路家庄里，已经说不清是谁先做的了，只记得刚开始是从外面请来师傅，在院子里找块阴凉、宽敞还不碍事的地方，然后用土坯、黄泥，砌一个倒扣着的泥瓮，泥瓮上套上个铁丝绑的瓮，再把水泥抹在铁丝瓮上，上面盖上草苫子。新做的水泥瓮不能干了，必须经常用脸盆端水，朝盖着的草苫子上洒水。等过去半月二十天，把瓮口那里的地掏上个洞，然后把瓮里边的土坯朝外掏一掏，差不多后，慢慢将瓮倒过来，立好，晾晾就能用了。

　　由于做水泥瓮并不怎么复杂，以后，村里很多人便自己做了，也有正着砌个泥瓮，把水泥瓮做在泥瓮里面的。因为道理是一样的。村里一时兴起了水泥瓮热，差不多家家都做。我们家也做了两个。我大舅给做的，领着他们村的一个泥瓦匠。一大早骑自行车来了，一碗水没喝完就开始干，忙了整整一天。

　　这些水泥瓮，在当时还不富裕的情况下，为盛短短几年之间忽然多打出的粮食发挥了应有的作用。但毕竟不如窑上烧制的好，不美观，看上去挺不上档次不说，还笨重，挪动相当不方便，而且，由于有一个面是抹子抹不到的，所以比较粗糙。过几年，人们手头有点宽裕了，便没人再做了，直接到窑上去买了。一时间，伴随着粮食的连年增产，家家窑上烧的瓮也多起来。我们家就从最早的两个增加到十个，加上那两个水泥的，达到了十二个，每一个都装满了粮食。开始，瓮里除了装小麦还装玉米，可随着粮食产量的不断增加，玉米只能用麻袋装了，而且收下来不久就卖给来村里收粮食的了。

　　一九九〇年以后，村里到外面搞建筑、做买卖的人多了起来，地，顾不上种了，云诚哥在不改变原土地承包主体的情况下，按每人每年给七百五十斤麦子的形式，协议接收别人的承包地，大面积种植牛蒡等经济作物，后来又把七百五十斤麦子折合成人民币，每年支付现金给土地原承包人。一些村民便把自己的承包地转包给了云诚哥。后来，路绵强、路绵山也接收承包地。不过，云诚哥接收的最多，占西路家庄全部耕地的近一半。

现在，西路家庄里自己还种地的已经不多了，年轻人基本都在外面干，老人则要么种点山地或小园子地，栽几棵香椿芽树、果树，要么什么都不干了，有的只负责给儿子或姑娘带孩子，每天给孩子做做饭，按点骑电动三轮车到镇上的小学，接送孩子上学放学。

实行计划生育后，家庭人口也少了，原先一家六七口人很正常，十口八口的不稀奇，十几口的都有。现在，一般三四口。地没了，人少了，瓮里的粮食，慢慢地，没有了。瓮，空出来了。送人，没人要，放屋里，占地方，砸了，可惜。水泥瓮，就这样完成了粮食容器的由粮食短少到粮食充裕，但经济一下子还不富裕时的短暂历史过渡使命，退下来了。它见证了中国改革开放四十年，西路家庄粮食生产和储存的变迁，以及土地的承包与流转。村民对它的始爱终弃，反映的是伴随着社会的进步和发展，他们的思想观念由害怕再遭饥饿之不测，大量储藏粮食，到渐渐发现市场上粮食年年充盈，粮价稳定，再储藏不仅麻烦，且已没有任何意义的一个根本性的转变。

我在后来的探寻中，于果园里、闲院子处、墙角旁，都发现过它的踪影。我叔伯弟弟路云秋的房子西边有一片空地，种着菜、辣椒、茄子、葱。靠墙一侧，竟摆着一排。里面放水，养着红锦鲤。我走过去，鱼们摇头摆尾，游来游去，倒挺逍遥自在。

大 铁 锅

　　保险公司的工作人员正在拍照，采集剐车的相关信息，父亲过来了，说听村里修路的人说我开车过来了。见车剐了，直咂嘴，"哎呀呀，这得多少钱呐你看看！开车一定小心呐你！"

　　保险公司的工作人员采集好信息，给我一张卡，叫我把车开到一家4S店修，然后走了。我跟着父亲回家。

　　父亲的背明显佝偻了，走路时，两脚也似乎抬不起来的样子，一拖一拖的，"图塔图塔"响。他在后边的荆山上包了一片地，种了二百多棵桃树，前年还一刻也不闲地在桃园里忙，剪枝、锄草、浇水、疏桃、摘桃、骑电动三轮车到处卖桃，今年已经干不大了了。让他把桃园转包出去，他还舍不得，说老百姓不能闲下来，麦子不种了，转包给别人了，桃园再转包出去，天天闲着，身子骨就锈了。西路家庄的人基本都这样，闲不住。长期的庄稼地生活，使他们已经习惯了劳作。

　　父亲一岁零二十六天时，娘就没了。那时，我爷爷三十五岁。家里就剩了我老爷爷、爷爷、父亲和我大爷四人，我爷爷决定把我父亲送出去，给王家庄一户没有男孩的人家。人家来抱的时候，十三岁的我大爷坚决不同意，紧跟着，一直到西路家庄南边的那口坑塘，不停地哭，躺地上打滚。村里人感觉非常可怜，就劝我爷爷，他哥既然这么不乐意送，就别送了，你看他哭得。

　　父亲终于没被送出去。

旧物回声·记忆中的乡愁

没有奶吃，我爷爷给我父亲喂粥。抱着到街上，父亲看到有的小孩吃奶，伸伸着手，朝人家怀里挣。有时在地上玩着，看到后，流着口水，倒腾着手和膝盖，不停朝人家跟前爬。人家可怜，就把父亲抱起来也给喂几口。

我大爷十六岁结婚后，父亲的缝缝补补，就指望我大娘。十一岁那年，父亲过年没有鞋穿，把我大爷一双已经露脚指头的布鞋拿了过来。可鞋太大，穿上一走一趿拉，他把针穿上线，捏住鞋口后面部分，一针一针揪起来，穿上。初二，提着五个年糕去召口看他二妗子①，进门，跪下磕头，"嗤"一声，补丁摞补丁的棉裤后面，从棉裤腰上扯了下来。二妗子掀起父亲的破棉袄一看，棉裤腰和棉裤早就开了，是父亲用麻线缝了几个大针脚凑合起来的，一下跪便扯开了。父亲的二妗子说："哎呀俺的孩子唉！"把父亲拽到炕上，给盖上被子，脱下父亲的棉裤，拆洗、晾干后又缝补好，让父亲天黑前穿上缝补好的棉裤回了家。

开春后，父亲跟着我爷爷、大爷在山上刨地，一伸胳膊，一只棉袄袖子又从腋下扯开个口子。我爷爷一看，想起父亲年初二到召口棉裤从裤腰上扯开那事，对我大爷的气顿时不打一处来，把大爷拽过来，摁在地上一顿好打。父亲说，当时他被吓蒙了，感觉我爷爷像是要把我大爷打死一样，他上去拉，可我爷爷就是不停手，没头没脸地打。他说，后来他才明白，我爷爷是嫌我大娘没把他的衣服缝好，但又不好对我大娘发作，只好拿我大爷撒气。

我大爷家大哥比我父亲小七岁，我父亲打小就天天背着我大哥，看孩子。等他到了十三岁，刚有点力气了，天天拐磨子，出豆腐。我爷爷出去敲着梆子卖豆腐。父亲说，

---

① 妗子，方言"舅母"。

磨子他拐几下还可以，时间长了，就没力气了，只好靠身体的重量把磨杆往前压和朝后拽。空里还要和我大爷铡草。我大爷续，父亲铡。根本摁不动刀，父亲跳起来，靠身体的重力往下一压——"咔嘣"铡断。

豆腐梆子

父亲很少讲那个时候的事情，他不愿讲。是饱受苦难后的那种欲说还休。偶尔说起来，总是眼里闪着泪花。

正是做午饭的时间，街上飘着炝葱花的香气。我问父亲，咱家不是有个风箱吗，现在在哪搁着？父亲停下，回过头来，"风箱？"想了想，"早被你哥拆了。"

一九九〇年，我嫂子曾在镇政府后边的大街上摆摊，从张店水果批发市场批发水果回来卖。我哥把风箱拆掉，做摆水果的摊板了。我问，那谁家还能有？父亲说好几十年都不用了，说不上谁家会有，问我找风箱干啥，我说想找一些过去的物件，拍一拍照片，写部作品。父亲说你寿存叔家可能有，他和你寿存婶子过日子仔细，能留住东西。他们家也一直住在老宅基上，没再朝别处倒腾，什么东西都没扔。

我又问走在前面的父亲，那咱家那大铁锅呢？父亲说，不是盖狗窝了吗？狗窝上扣的那个就是。

现在都用液化气，还有电饭煲、电热壶、电磁炉了。以前做饭，家家有个大锅头。锅头是土坯砌的，外边抹上黄泥，上面安着大铁锅。铁锅一般七印①，也有八印或更大的，根据家庭人口多寡而定。如果只烧水，大铁锅里什么辅助物件也不放。要是蒸或馏东西，则先在锅的半空处放上一个木头做的箅梁子，再在箅梁子上搁上箅子。箅梁子木制，长方形，两头略带弧度，便于搁在锅里后跟铁锅卡稳。箅子是高粱秸剥掉外边的皮后做的，圆形，用线穿起来。铁锅口上，围着套一个高出锅头约十厘米的木制锅圈，锅圈上面盖盖垫，免得铁锅直接与盖垫接触，把盖垫烧煳了。盖垫是苇篾编的，两层扣在一起。风箱在锅头的左边（也有的在右边）。做饭时，左手拉风箱，右手朝锅头的灶口里续柴火，"呱哒呱哒"，大街上都能听得到。好使的风箱，用力小，风还大。这与风箱猫头上勒的鸡毛有直接关系。鸡毛多了，兜风，但沉。可鸡毛少了，轻倒是轻了，又兜不住风了。选鸡毛需要技巧，最好是公鸡脖子上的毛，既长又柔软。

箅梁子

盖垫

---

① 旧时农村大铁锅口径以印为单位，1印是10厘米左右。

那时，一年中只有年三十晚上做饭不拉风箱。西路家庄有一个讲究，年三十晚上是各路神仙都来家里过年的时候，不能予以惊扰，所以最好不能有动静。如果必须要有，得越小越好。连一大早叫小孩子起来吃饺子过年都不喊名字，而是轻轻拍小孩子的肩膀，把小孩从被窝里拍醒。风箱"呱哒呱哒"的，跟叫花子打牛后腿上的胯骨声差不多，自然犯忌讳。"要想日子长，听不见风箱响。"那年三十晚上，烧下饺子的火怎么办？需提前准备下一些好烧、耐烧的柴火，像芝麻结、豆秸之类的。不过，这类柴火虽硬实，烧起来"哔哔剥剥"也响得不行。那时种高粱多，很多人家就选择了高粱秸。好的舍不得，要留着盖房子勒房顶上的笆，或到集上卖了换几个钱，于是就从高粱秸中挑出那些弯弯的、过细的、折了的，用镰头将高粱秸沿底部划到稍，分成两片，摆放在太阳地里晒干，到年三十晚上用。高粱秸分成两片后烧起来没什么动静，耐烧，也好点火。

一直到一九四九年，西路家庄点火还用晒干后剥去篾的高粱秸作引火的工具，叫"火莛子"。高粱秸顶部的两节最好。点火的方法是：一只手拿火镰，另一只手握火石，并用拇指和食指捏着"火莛子"，让"火莛子"的一头对准火镰在火石上划时会发出火花的地方，然后将火镰在火石上"嗤嗤"地划，划一下，发出些火花。火镰有好有坏，好的火星多，买时，卖的人会先问你，要几星火的。因为价钱不一样。火镰在火石上划，有的火星落到"火莛子"上，"火莛子"便被点燃，赶紧吹一吹，捂到一种非常好燃的火纸上，吹出火苗。火镰在火石上划，巧了，三两下甚或一下便能把"火莛子"点燃，如果赶不巧，就得一下下不停地划。往往半天也点不着"火莛子"。有时，越着急越

旧物回声·

记忆中的乡愁

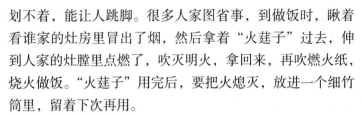

划不着，能让人跳脚。很多人家图省事，到做饭时，瞅着看谁家的灶房里冒出了烟，然后拿着"火莛子"过去，伸到人家的灶膛里点燃了，吹灭明火，拿回来，再吹燃火纸，烧火做饭。"火莛子"用完后，要把火熄灭，放进一个细竹筒里，留着下次再用。

有了火柴后，有到村里卖火柴的，由于是进口的，所以叫"洋火"。敲着小锣，喊"卖'洋火'咯"。那种火柴含磷特别高，一擦就着，不过非常危险。

有一段时间，村里炼钢铁、吃食堂，家家的铁锅都被搬走了，锅头也拆了，村里还不时到各家找粮食。有一回发现镜存大爷家的一个龛子里有个包袱，沉甸甸的以为是粮食，打开，好几个手榴弹——国民党兵败退的时候镜存大爷从高粱地里捡的。

父亲说，国民党兵败退时他十来岁，看着败兵们扛着机枪、抬着小炮，满脸是汗，军装不整，脚步匆匆，从西路家庄村北的那条土路上，由东北往西南蹿。那时正是高粱成熟的时候。败兵里有扛白面的，走着走着，趁别人不注意，朝高粱地里一钻，白面倒出来，提着空面袋子钻回队伍里。背手榴弹的，抽个空把手榴弹解下来，朝高粱地里一丢。兵败如山倒。大道两边的高粱地里，就既有白面，也有手榴弹、麻将，还有烟枪。父亲说，国民党那时候叫百姓种大烟，因为大烟收税高。到割大烟的时候，每天天刚亮，踩着露水到地里割。不能早了，早了，黑灯瞎火的容易割坏；也不能晚了，晚了，太阳一晒，太黏，割不出来。一个能掌握深浅的专门的刀子，在烟疙瘩上一划，用一根手指头把划口里流出来的白色大烟汁一抹，刮到一个杯子里。杯子上有个缺口，正好可以卡上一根手指头。然后把割出来的大烟汁拿回来放太阳下晒。

西路家庄村中心那里，南北大街的北侧，曾有一座青砖黑碎瓦子的房子，坐北朝南，三间。院墙是青砖起底，青砖收顶。院大门开在院墙正中，朝南，有"青天白日"标志。每到大烟收获的时候，国民党保安团就来收税了。不交税，交大烟顶也行。有一回，章颜老爷爷来交大烟，上面嫌他交的质量差、以次充好，抬手就是几个耳光，老爷爷被一顿暴揍，站都站不起来了。

我父亲发现高粱地里有白面，把破裤子脱下来，拿草扎起两个裤脚和裤子上的破洞，跪在地上朝裤子里捧白面。裤子满了，头钻进裤子的裆里，让两个裤腿垂在肩前，光着腚，一趟趟朝家扛。大人都已跑了，小孩子没人管。等国民党败兵走完了，大人们回来，父亲扛了满满一泥瓮白面，大约二百来斤，把我爷爷高兴得不得了。

西路家庄的食堂，先在村东勋存大爷家烤烟炉上的敞棚里，后又搬到了前面群丛哥家的房子中。每家发饭票，大人孩子一个样。饭食有稠也有稀。按时开饭，上班工人一样。我爷爷，云亮哥家的桂英姑、丽英姑，都在食堂做过饭。叫"吃饭有食堂，全村喜洋洋，人民公社好，幸福万年长"。可吃着吃着，面不够了，窝头少了，改成喝粥了。喝着喝着，粥也没得喝了，食堂解散了。三十五户人家，分成两个生产队。人们端着空饭碗，回家了。

铁锅都被搬出去炼钢铁了，得先买锅。父亲把一棵榆木装到勋存大爷的马车上，让勋存大爷捎到了益都。他到潍坊拉东西，路过益都。到益都，勋存大爷卸下榆木，赶着马车走了。父亲把榆木换成大铁锅，太阳快落山了，找了一个大车店，在土炕上住一晚，第二天一大早用麻绳把铁锅绑起来，背在背上，到了益都火车站。一列路过的火车因为会车临时在车站停车，不卖票。父亲背着锅，在站

旧物回声·

记忆中的乡愁

台上跟一个列车员说了说，可能列车员觉得父亲背着个铁锅，挺不容易的，竟打开车门让父亲上去了，也没叫买票。父亲找了个车厢衔接处的位置，放下铁锅，歇了口气，考虑着，上是上来了，可车要是不在辛店停，一路向西，拉过了咋办？一路忐忑着。没想到，车到辛店，却停了。父亲下车，背着铁锅走了二十来里，回了家。

和泥盘起锅头，大铁锅又安上了。

我们家的锅头，依旧盘在了上房外间。锅头朝东，对着上房东山墙，后面连着土炕。柴火在锅头的灶膛内燃烧后，烟顺着炕洞转到上房外面。这么做主要是考虑到冬天取暖。那时没钱买煤，冬天就睡冷屋子、冷炕。家庭条件好点的能有床褥子，大多数家庭，几个人盖一床被子，然后睡在土炕光席上。席是苇篾编的，白里透着点黄色，排列着均匀的十字花。不过，冬天倒是暖和一点了，夏天就麻烦了。不做饭屋里都热得够呛，一做饭，炕被火一烤，那热度就甭说了。晚上睡觉，父亲就带块麻袋片到外面的大树底下、麦场边上、井台子上。那里透风，凉快一些。蚊子也少。因为家里热不说，蚊子还滚成蛋。那时买不起蚊帐，在家里睡只能让蚊子咬。有的到山上割一些蒿草，拧成蒿草辫，挂墙上晒干，晚上点上放屋里，用冒出来的烟熏蚊子。不过，蚊子被熏没了，人的身上也被熏得一股浓浓的蒿草味了。第二天出去，老远就能被人闻到。父亲说，那时，村里的男人们夏天几乎都到外面睡，还有年龄稍大点的婶子、大娘。年轻的闺女、媳妇儿怕羞，只能闷在家里的院子中、屋地上。带块席子的、带块破床单的、带件蓑衣的，都有。蓑衣不是衣服，是茅草编的一种类似于雨衣的防雨物件，里面呈网状，比较平整，外面是厚厚的、一层层朝下的茅草，外形有点像刺猬。下雨披上，多大的雨都淋不透。宗诚爷爷活着的时候，便经常披着。西路家庄东边的祠堂还没垮塌时，很多人还到祠堂睡。祠堂里面的屋地是青砖铺的，窗子是大开扇，通风好，干净，还凉快。

后来，生活好些了，冬天能生炉子了，父亲才把上房的锅头拆了，在南屋盘了一个，把大铁锅搬过去安上，做饭改在了南屋。吃饭，除了夏天把饭端到上房吃以外，其余三季都在南屋。一家人坐小板凳的，坐马扎的，坐锅头前的蒲团上的，围着锅头。菜窝头在锅头后面的风箱上，下面搁着箅子，箅子下面是箅梁子。它们是掀开锅后，端着箅梁子，整个儿从锅里直接端出来的。粥喝完了，须得自己起身从锅里舀。勺子就在锅里。拿窝头，则要经过父亲或母亲。锅头后面是盘土炕，一直连到西山墙。他们都是坐在锅头前边的灶口那儿，离窝头近。常常，吃到半饱再要窝头，父亲或母亲就不给拿了，说小孩子吃那么多干啥，再喝点粥就饱了，我们只好再舀粥。特别是冬天的晚上，父亲母亲说，这个季节又不干活，吃饭浪费，多喝粥就行。昏黄摇曳的油灯下，就"呼噜呼噜"的一片喝粥声。

一九七九年，我结束短暂的初恋，背上行囊，于一天早晨离开西路家庄时，这个锅头还在。后来，拆了。再后来，在村西住的我哥，让父亲搬到村北我们家新盖的这套房子，他则把整个老房子全都拆掉，然后在上面盖带厦檐的房子了。

用大铁锅做饭时，记得有一年春节，年初一一大早母亲起来烧火，准备下饺子，全家吃饺子过大年。到南屋，掀开锅上的盖垫，想再确认一下昨晚她舀到锅里的水少不少，饺子别在锅里滚不开，煮烂了。可盖垫掀开后，她却吃了一惊，不到一夜工夫，锅里的水几乎没了。这是咋回事儿呢？明明昨晚上她刷好锅后，为了今早起来烧火下饺子方便，一瓢一瓢把水舀到锅里了，高度都超过了平时搁算梁子那儿。我们西路家庄这里过年，年初一都是早晨三四点钟就起来下饺子、吃饺子。母亲怕看错了，把油灯从墙上的龛子里端过来照，确实没有多少了。

怪了！

母亲不敢吱声，怕不知是怎么回事。大过年的。

到上房，父亲正在穿衣服。母亲看着父亲说："你去看看咱那锅吧。"父亲问："锅怎么了？"母亲说："你去看看吧！"父亲看看母亲说话的神情，知道不便于再问，麻溜穿好衣服和母亲来到南屋。母亲掀开盖垫，对父亲说，昨晚睡觉前，我舀好下饺子水的，现在你看。父亲看了看，也觉得奇怪，但没说话，端着灯照了照锅里，没看到有什么情况，又举起灯看了看后面的土炕那里，还有前面风箱那里，也正常，疑惑地来到锅头前的灶口，低头一照，地上湿湿的，把灯端进灶口里一看，里面更湿。站在灶台那里的母亲，看到锅中差不多靠锅底那里的一个小洞中，透过了父亲端在灶口中的灯光。母亲一下子明白了。原来，大铁锅用久了锅壁非常薄，昨晚刷锅时，怕刷不干净，母亲用戗锅铲子多铲了几下，铲漏了。大锅不能用了，母亲只好用炒菜的小铁锅，在大锅头对面、靠北墙的小锅头上，一小锅一小锅地煮好了水饺。

初五一过，父亲赶紧又买来一口新的铁锅，安到锅头上。

盖在狗窝上的这口铁锅，是最后拆锅头时从上面摘下来的那口，一九八〇年买的。摘下来后，曾在盖父亲现在住的这座房子时冲过石灰，然后扣在咸菜缸上当过咸菜缸盖。再后来，没有任何用处了，扔在了院子的一角，日晒雨淋，锈迹斑斑。二〇〇二年，父亲养了一条狗，我小妹夫从泰安抱来的，给狗砌窝，发现铁锅可以当顶，便搬过来，扣在了靠南墙的狗窝上。

父亲盖在狗窝上的大铁锅

眨眼，十七年了。用父亲的话说，日子"出溜出溜"的，"嗖——"就一天，真不经过呀！

老 式 桌 子

我蹲在狗窝前给大铁锅拍照。父亲说，你要照过去的物件，还不如照一照这张老式桌子嘞。

我跟着他进了灶房。

灶房是西屋。老式桌子靠南墙放着，东边是液化气灶。老式桌子靠墙那里的正中摆着一个香炉。香炉是陶瓷的，父亲说是他小时候，从他姥娘家拿来的，现在早已没人使用。桌子上方墙上工工整整地贴着灶王。

父亲灶房里的灶王

灶王，现在在西路家庄已经很少能见到了。除了一些老人，没人贴了。而且，这样的木版年画也基本没人卖了。以前，家家都贴。每年一进腊月，卖灶王的就来了。产地一般不是潍坊杨家埠的、天津杨柳青的，就是苏州桃花坞的。偶尔也有别的什么地方的。套色印在宣纸上。有黑、红、绿、黄、蓝几种颜色。卖灶王不叫卖灶王，叫"请灶末"。卖的一进村就边走边喊："请灶末了！"大街上找个避风朝阳的墙角蹲下，伸开包袱，灶王摆在包袱上。另外还有一些别的木版年画，《年年有鱼》啦，《五谷丰登》啦，《老鼠娶亲》啦，《岳飞报国》啦，等等。听到吆喝或路过的，若相中了，让卖的给卷起来，交了钱，拿走。买灶王忌讳讨价还价，因此不问多少钱一张。但因年年都买，知道价钱。

灶王买回来后，年二十三辞灶那天黄昏进行祭祀，除了摆上饺子，还有糖瓜、柿饼、软枣等供品，让灶王到天界甜言蜜语，多说凡间的好话，然后把旧灶王小心地从墙上揭下来，在一张烧纸上画一匹马，放到烧纸里和旧灶王一起烧掉。意思是让灶王骑马上天，去见玉帝。

到年三十上午贴对联时，再把新灶王贴上。除夕之夜，摆上供品，在一张烧纸上画一顶轿放烧纸里烧掉，再迎接灶王从天界回来。灶王两边有一副对联，黄纸的，一般上联是"上天言好事"，下联是"下界带福来"。也有别的词的。顶上贴上萝卜钱。讲究一点的，灶王上方还要搁一横板，上面贴上"落门钱"。

神灵，是西路家庄的一种美好的精神寄托，也是规范人们行为的一种无形的力量。他们认定在那非常非常远的天上，有一个人们看不到的天庭，这个天庭金碧辉煌，宫殿鳞次栉比，机构严谨，有许多神仙，他们吃山珍海味，饮琼浆玉液，玉帝是最高统治者，神仙们掌管着人的生死，对人间的一切了如指掌，会根据每个人的表现降祸或赐福。因此各种违反道德、人伦的事情，都不能做。如此促使人们安分守己。虽然偶尔也有兄弟为争财产争吵、邻里为一墙的宅基半年不说话的事情，但绝少有鸡鸣狗盗之事出现，更无杀人越货发生。

父亲灶房里的老式桌子

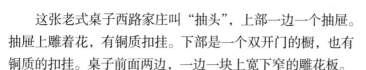

这张老式桌子西路家庄叫"抽头"，上部一边一个抽屉。抽屉上雕着花，有铜质扣挂。下部是一个双开门的橱，也有铜质的扣挂。桌子前面两边，一边一块上宽下窄的雕花板。

它曾是我们家的一件主要家具。从我小时记事起，就一直摆在我们家老房子上房正面，正对着房门。桌子两边，一边一把老式椅子。后面是一个长长的条几。条几后面墙上，正中贴着毛主席像。往两边离开些距离是镜框，夹着一些照片，主要是黑白的，个别的也有彩色的。镜框再向外是大大小小的奖状，有毛笔写的，也有油印的。这也是西路家庄各家各户上房的基本布局。条几上摆着盐瓶、葡萄糖瓶子。还有母亲的镜子、梳子、擦手油，妹妹的铜钱马鬃毽子。葡萄糖瓶子除一个里面"养"着带铅坠的塑料小金鱼，其余的几个是准备冬天用的。灌上热水，盖好橡胶塞子，放到被子里暖被窝。这个被窝里暖得差不多了，再抱到那个被窝去。最后交给母亲，蹬在她的脚上。瓶子里的水能热大半个晚上。后来，父亲从辛店买了台木壳收音机，紧靠条几，摆在桌子的左后侧。母亲买块新花手巾，叠成长条状，盖在收音机上。收音机前脸露着，顶上和两侧则被花手巾覆盖。有空的时候，我们把收音机打开，听歌、听戏，声音开到老大，"哗哗"地响，特别是过年的时候，又没有别的娱乐，我们就听收音机。《智取威虎山》《红灯记》《沙家浜》《奇袭白虎团》《平原作战》《海港》《红色娘子军》……因为听多了，所有的唱段几乎都能唱，台词也差不多都能对，特别是一些土匪的黑话什么的，比如：

"天王盖地虎。"

"宝塔镇河妖。"

"么哈么哈。"

"正晌午时说话谁也没有家。"

"脸红什么？"

"精神焕发。"

"怎么又黄啦？"

"防冷涂的蜡！"

……

张口就来。常常，上学和放学路上，小伙伴们你一句我一句，模仿着戏中的腔调对上了：

"废物，一群废物！"

"是！"

"如今这海南岛上在闹红军，你不是不知道。"

"是！"

"连一个小小的丫头都看不住，将来这椰林寨还不翻了天！"

……

那时，村里冬闲，有时要排戏唱戏。演出时，土台上的紧张，词忘了，我们就在下面给台上提台词，见还想不起来，就使劲喊，"防冷涂的蜡，防冷涂的蜡啊！"手卷成喇叭，站起来抻抻着脖子，比台上的都急！

当时，我们家有两个地方经常要上锁：一个是土炕北边盛衣服的箱子；另一个就是桌子上的抽屉和下面的橱子。

箱子上锁是因为母亲经常要在里面搁钱，这是我们家的银行重地。拿一块旧手绢卷着放里面一个角上的衣服里，具体位置只有母亲知道。不过，基本上就是几元或几角钱，要到代销点打油了，或我们要交书钱了，母亲打开锁，头顶着箱子盖把手绢拿出来，一层一层揭开，一角一分地数出来。一般里面放钱最多的时候一年中只有两回，一回是母亲春天买回头猪崽，辛辛苦苦喂差不多一年，大了，进腊月，拉到公社收购站，父亲给收猪的递烟卷、说好话，收猪的看看猪，给打个级、过磅、开单子，父亲拿着单子到领钱的窗口递进去，听里面的打着算盘算一遍，递出钱来，父亲往手上吐上唾沫，一五一十地点一点，四十元左右，交给母亲。一头猪一般就长八九十一百来斤，过一百二十斤的时候很少，天天吃草，长不大。回家，母亲将钱卷到手绢里，放到箱子中。另一回则是年根儿，眼瞅着过年了，生产队的决算出来了，进行分红。父亲都是大半夜才从生产队会计室那里回家。有时天已经微微亮了。进屋，跺跺脚上的雪，解下腰上扎的围脖，搓搓手说："分钱了！"然后把钱从怀里掏出来，交给母亲。有时五六元，有时七八元，最多的时候十来元。母亲披着袄，打开箱子，钱放进去再锁好。接下来，父亲母亲会躺在炕上，商量着到供销社给我们买鞋、买棉帽子、买袜子、买褂子、买裤子。一般每人只得一件。有的一顶帽子，有的一双袜子，有的一件褂子，有的一条围巾。每回都是母亲攥着手里的钱，在公社商店里来回走，柜台前看看这件，比比那件，边看边算着手里的钱，决心一遍遍地下，但舍不得花。有时都走出商店了，想想，过年了，又返回去让售货员把东西包上。东西买回来后，我们都兴高采烈地接过来试，可只试一试，母亲就都收起来，叫过年的时候再穿。往往是花钱少些的眼热花钱多些的，穿上新袜子的，哼哼着要新帽子，戴上新帽子的，哼哼着要新褂子，抱着母亲的腰，拽着母亲的衣襟，拉着母亲的手。母亲就哄哄这个，劝劝那个，实在不行，答应明年给买，一定！才不哼哼了。

现在想想，小时候真是太不懂事，根本就不明白大人的艰难！有时我回家，坐在母亲的坟那里，看着上面厚厚的荒草，忍不住会泪流满面。

桌子抽屉和抽屉下的橱子上锁，是因为有时要在抽屉里放五块糖、三个菱角、两块柿饼，或在橱子里放几块桃酥，两个脆瓜等。抽屉和下面的橱子是相通的，拉开抽屉能掏到橱子里去。所以，要是橱子里放东西，抽屉得也跟着锁上。

　　有一年阴历七月十五，生产队里分了一个黑皮西瓜，中午吃了一半，不让吃了，说留着另一半下回再吃，母亲放橱子里了。也不知是大人疏忽还是根本就没想锁，下午我放学回来，发现橱子竟没锁。以为西瓜没了，打开一看，好好的，在一个盘子里放着，切开的面朝上，红红的瓤，黑黑的子。我的心不由"嗵嗵"起来，扭身瞅了瞅院子，没有人，再瞅了瞅院大门那里，也没有人，赶紧从碗橱那里拿过菜刀，把西瓜在盘子里立起来，让切开的那面朝向一边，菜刀架在切开的那个面的后边一点，约半厘米的地方，环着小心地切下一片圆来。不能多了，多了就能看出来了。然后赶紧放下菜刀，拿着那片圆西瓜，跑到里间狼吞虎咽地吃了下去。西瓜皮塞进老鼠洞，抹把嘴，走了出来。站到房门口，正好跟从外面回来的弟弟打了个照面。他发现我神色慌张，看看橱子，过去拉开瞧瞧说，你偷吃西瓜了。我说，没吃。他说，你吃了。我还是否定。他说，你看你脸上的西瓜子吧，还不承认。我抬手一抹，果真从右嘴角旁抹下一粒西瓜子。心想，完了！弟弟说，我告诉咱爹。我赶紧哄我弟弟，把一支一摁出来蓝色、一摁出来红色的两色圆珠笔从书包里拿出来给了他，并承诺到春节，给他一挂不少于二十头的鞭炮，他才答应不告状。

　　因为我们都害怕父亲，他真打，拧耳朵也特别疼。

　　有一年冬天，父亲发现我哥吃过晚饭上晚自习前，有时要背上书包到上房里间转一圈，再匆匆离去，样子有些

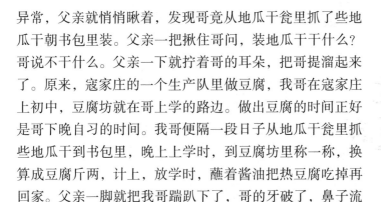

异常，父亲就悄悄瞅着，发现哥竟从地瓜干瓮里抓了些地瓜干朝书包里装。父亲一把揪住哥问，装地瓜干干什么？哥说不干什么。父亲一下就拧着哥的耳朵，把哥提溜起来了。原来，寇家庄的一个生产队里做豆腐，我哥在寇家庄上初中，豆腐坊就在哥上学的路边。做出豆腐的时间正好是哥下晚自习的时间。我哥便隔一段日子从地瓜干瓮里抓些地瓜干到书包里，晚上上学时，到豆腐坊里称一称，换算成豆腐斤两，计上，放学时，蘸着酱油把热豆腐吃掉再回家。父亲一脚就把我哥踹趴下了，哥的牙破了，鼻子流血了。母亲赶紧跑过来拦着父亲，让哥快跑，哥才捡起书包，跑了。

母亲做什么事都向着我哥，打猪草，扫院子，烧锅头上的火，从来不叫我哥。拾柴火也不。那时，不光粮食紧缺，不够吃的，烧的也不够，要经常出去拾柴火。记得当时放学后，我一般有两件事要做，一是春夏的时候，提着篮子到野地里挖菜，春天挖荠菜、苦菜、野蒜，夏天挖青青菜、大芙子苗、曲曲芽、辉菜、蓬子菜；二是秋冬的时候，扛着筢子、背着苇筐，到外边拾柴火。秋天搂树叶子、荒草，冬天到处折树上的干树枝。那时，秋天大雁很多，排着"人"字形的队形，一队队"嘎咕嘎咕"地从天上朝南飞，我们几个小伙伴便站在山上的荒地里，拿着搂草的筢子，仰头看着大雁喊："雁啊雁，排不齐，回家死了领头的！"母亲不但不怎么叫我哥干活，他穿得也比我们好，总是整整齐齐、干干净净。长大了，通过外人才知道，母亲是我哥的后娘，我和弟弟妹妹们，跟我哥不是一个母亲。

橱子里不光锁直接能吃的东西，间接能吃的东西也锁，一斤虾酱、半斤干狗杠鱼、二斤地瓜做的粉丝。因为这些东西我们小孩子也会寻寻觅觅地想办法吃。冬天生炉子，要是正赶上星期天不上学，还下雪，我们做完作业，在屋里转来转去，发现橱子不锁，里面有粉丝，便会抽出几根，在炉子火苗上"啪啦啪啦"地把粉丝烧膨胀，然后脆脆地吃掉。吃完了再抽几根。如果是干狗杠鱼，我们会拿一个，用筷子夹着在炉子火苗上烧，倒碗开水就着吃。要是虾酱，我们在炉子口旁放块地瓜（有时也放萝卜），熟了后，左手倒右手地哈着气，扒一扒皮，再蘸上虾酱，在炉子上烧一烧，吃了。

橱子里的东西锁着，我们有时也烧别的，拿来舀粥的铁勺子，到鱼鳞坛子里抓一小把豆粒放上，把炉子口上"呱啦啦啦"滚着的水壶拿到一边，晃着铁勺子烧豆粒。没有豆粒，我们也烧玉米粒。一般母亲只是说我们几句，吆喝着我们别烧了衣服，父亲就不行了，所以每次都是瞅他不在的时候。常常烧着烧着，父亲回来了。他走路动静大。我们赶紧把烧的东西倒进下面的炉灰，装作没事的样子。那份紧张，那份惶恐，到现在都记忆犹新。

关于这张桌子，我只记得我们兄弟姊妹放学后，会趴在上面写作业。来了客人，父亲陪着，坐在椅子上说话、喝水，或吃饭，一直不知道它的更多情况。直到今天，我为它拍照，了解它的过去，问得有多少年了，父亲才告诉我，是一九四九年前后从村里的一户地主那里分来的。

原来是这样！

这张桌子先是我大爷用。一九五五年四月，父亲跟我哥的生母结婚，临时从我大爷那里搬了过来。一起搬过来的还有两把椅子、一个箱子。不过，说好了是结婚时用一用，过后再还回去。桌子、椅子、箱子搬过来后，父亲买了赭色的漆，仔细进行了粉刷，它们顿时焕然一新。那一年，父亲十九岁。

旧物回声：记忆中的乡愁

结婚没出一个月，我大爷来跟父亲商量要家具了。我哥的生母姓边，比父亲大两岁，娘家召口，祖上曾是个大地主。她父亲都有两个妾。有地，有骡子，有大车，有水车。她之所以跟我父亲，是因为她特别老实，不爱言语不说，脑子也不太机灵。订婚时只跟我父亲要了一身衣服的洋布，并答应结婚后给我父亲四亩①好地种。那时还都单干。我哥的生母见我大爷来要桌子、椅子、箱子，对父亲说，你到召口拉几样家具吧，没点家具，进门空空荡荡的怎么行？也不像个过日子的样子！我父亲赶着马车到召口去，拉了一张桌子、两把椅子、一盘石磨、一副磨笼，还有一个牛槽。七七八八，满满一马车。父亲说，起牛槽时，掀开来，下面竟埋着一个罐子，打开全是大烟。什么时间埋的，谁埋的，已经记不清了。大烟都烂了，沤成泥了。

拉来的桌子、椅子要比父亲借我大爷的好，不论是做工还是木料。父亲跟我大爷商量，我父亲用着的桌子、椅子就不动了，搬来搬去，麻烦！不如直接把从召口拉来的搬给大爷。我大爷同意了。箱子他也没来搬。

一九五九年的一天，我大娘忽然跳井了。我大爷家门口东边有口井。住一条胡同里的父亲听到吆喝，赶紧跑去，下到井里，把我大娘捞了上来。幸亏水浅，只没到我大娘的脖子，而且我大娘是脚冲下。否则就麻烦了。

原先西路家庄街边上、村口、闲院子里，到处是井，那时水也浅，朝下一挖就出水。吃水方便的同时，也为那些一时想不开的男女，提供了一个寻短见的场所。特别是一些女人。远的不说，我们住老房子时，斜对门杏存叔家第一个婶子就是跳井死的。跳的自己家的井。

---

① 1亩等于1/15公顷。

杏存叔家第一个婶子，娘家召口，比杏存叔大一岁，属牛。有一年阴历七月十五，那个婶子问杏存叔："包饺子吗？"杏存叔说："包。"当时生活困难，除非过年，捞不到全家吃顿饺子。偶尔能包一点解解馋。这天，中元节了，杏存叔想让她包点上坟，同时自己也尝一尝。老长时间没吃了。中元节，西路家庄这里有上坟祭祖的习俗，是每年四大祭祖日之一，上承"除夕"和"清明"，下连"十月一"，家家都非常重视。外出的除了太远、实在赶不回来的，都要回来。除了上坟外，以前，家家还要在路边洒酒、焚纸，祭祀那些孤魂，以示"慈航普济"。包饺子没有那么多面。下午，那个婶子只包了三碗多一点，还是素馅的。因为没钱割肉。饺子煮出来后，杏存叔想，爷爷在，包饺子了不能光自己吃，得给爷爷端去一碗。爷爷在东院，杏存叔趁热端去了。回来看看饺子，想着父亲也应该给，又给父亲端去一碗。端完后想想，叔家也没包，都住一个院里，不能没有叔的，让叔干看着，又给叔端去一碗。等那个婶子从灶房里收拾好过来一看，三碗多饺子，就剩几个了，六岁的儿子正在吃。他们就一个孩子，三口人。那个婶子一听原委，没说话，饭也没吃，躺炕上，睡了。

　　第二天早晨起来，那个婶子到生产队挑粪去了。回来也不说话。一天过去了。晚上临睡时，对杏存叔说了句："离了吧。"接着吹灯，睡了。

　　到早晨，杏存叔一睁眼，没看到那个婶子，寻思着去哪儿了呢？想起昨晚上临睡前她说过的话，想，是不是真到公社去了？于是找孟存叔借上自行车，蹬着赶过去。那个婶子果然在公社负责婚姻登记的地方，两手不停抹眼泪。公社负责婚姻登记的，杏存叔认识，问杏存叔到底是怎么回事，杏存叔一五一十说了，那人就对他们俩说，又不是

旧物回声·记忆中的乡愁

什么大事，对吧？过日子嘛，免不了遇上一些筷子碰了碗什么的鸡毛蒜皮的事。感情又没啥问题，过几天，静一静就好了。回去吧，好好过日子。杏存叔就叫上那个婶子，用自行车带着她，回来了。

到村小学那里，杏存叔说，你先回家吧，我把自行车给人家孟存送去，别耽误了人家骑。孟存叔住村小学西边。那个婶子从后座上跳下来，往村南他们家走去。杏存叔去给孟存叔送自行车。

杏存叔回到家，那个婶子却不在，叫也没有应答。这去哪了呢，就送自行车的工夫？杏存叔问了问邻居，也说没见着。便开始找。

那个婶子老早就没了娘，打小跟她奶奶长大，孩子中她又是老大，性格内向，不爱多言多语。结婚这些年间，也曾有两次因家务事离开家。不是跟杏存叔闹矛盾，是因为杏存叔家奶奶规矩大，家法严。杏存叔家奶奶是从旧社会过来的，对杏存叔管束得特别严厉，有时甚至有些苛刻。比如，杏存叔要是犯了错，她往往要叫杏存叔下跪赔罪。有时还让那个婶子陪着。父亲说，他就见过那个婶子怀里抱着孩子，跪在杏存叔家奶奶面前。杏存叔是个孝子，又读过书，对母亲百依百顺，可那个婶子哪忍受得了这个？又不好明着反抗，毕竟是婆婆，长辈！只能憋屈着。承受不了时，就走了。

一次，她离家到了召口。被杏存叔找到时，她正趴在母亲的坟前，两手抓着土哭，一脸的泪水。杏存叔一看，知道她委屈，可那边是娘啊，只能也流着泪，劝她。慢慢地，她止住了哭，跟着杏存叔回了家。

还有一回，那个婶子到了西申家桥，在那里哭。村里冠忠嫂子走娘家，路过看到了。她娘家在南边。回来告诉了杏存叔。杏存叔正到处找那个婶子，赶紧去了。还没到跟前，杏存叔鼻子吸溜吸溜的，就抹开眼泪了。他心疼那个婶子。然后两人都在那里抹眼泪。哭完了，杏存叔把那个婶子往起架，说："走，咱回家吧。"那个婶子起来，两人相挨着，怕叫人看到红肿的眼，低着头，回来了。

这回，又是到哪了呢？

找完了全村，又找亲戚家。找完了亲戚家，再在附近各村找。一连好几天都没找到。急得杏存叔嘴上上火起泡，就差挖地三尺了。但压根也没想到她会寻短见。

事情就是这样，吵吵着要死的，常常不会真的去死，而真要去死的，往往又不会让人觉察出来。

杏存叔的岳父晚上做了个梦，闺女在一口井里，浑身打着哆嗦说冷！于是拿上根杆子，上面绑一钩子，从召口来到杏存叔家。进门直接去了东院。东院有口水井，他知道。然后蹲在井口，把钩子伸了下去，感觉钩到一个东西，心里"咯噔"一下，哆嗦着朝上提，心里祈祷着可千万别呀，一只脚却蓦地露出水面。杏存叔的岳父出溜一下瘫坐在井台上，差点没掉下去。

找人拴上梯子，杏存叔下到井里，然后踩着梯子，满脸泪水，抱着曾经和他一起生活、相亲相爱的那个婶子，爬了上来。那个婶子的身体已经冰凉，没有了往日的温度。他把她紧紧拥着，虽然依旧如他们恩爱时那样，但却已阴阳相隔。杏存叔一把鼻涕一把泪，泣不成声。那个婶子才三十岁，他们结婚刚刚九个年头，她却撇下了他，还有他们相爱的结晶——一个儿子。

村里人说，杏存叔娶那个婶子时，忽然下起大雨，荆山上的路不能走，只好绕道东边的郝家庄。到过门时，雨如瓢泼，刷刷作响，雷电交加。

当时村里最俊俏的一个媳妇，就这样，穿带大襟的毛蓝褂，头后面绾着一个髻，在自家水井前，头冲下一扎——结束了自己的生命。

三碗饺子，一条人命，令人叹息！

不过，这根本上还是对那苛刻的封建家法的抗争。饺子，只不过是引子而已。只是这抗争使用了生命作筹码，代价太过沉重。

杏存叔的邻居有时会说起那个婶子的往事。说那个时候，杏存叔家北屋后面有三棵香椿芽树，杏存叔儿子两岁的时候，那个婶子经常搬个板凳坐在树下，两手拉着儿子的手，一拉一送，教儿子说歌谣：

"风来了，

雨来了，

和尚敲着鼓来了，

大的敲着光——光①，

小的敲着当——当。"

父亲把我大娘背回家安顿好问我大爷怎么回事。我大爷支支吾吾，父亲说，到底怎么回事？大爷把我父亲叫到外面，瞅瞅屋门口，说我大娘想再要回父亲结婚时借的那个箱子，我大爷不让，两个人吵吵起来，这不，我大娘一生气，跳井了。

父亲沉默了一会儿，转身回家把箱子里的几件衣服什么的全掏出来，"噼里啪啦"扔炕上，扛着箱子给我大爷送了回去。

我哥的生母对父亲说，没有箱子，盛衣服多不方便，你再到召口去拉一个吧。晚上她饭也没吃便躺下了。第二

---

① 西路家庄称镲为"光光"，称锣为"当当"。

天，父亲又赶着马车，到召口拉来一个箱子。这个箱子现在还在我们家，已经没有任何用处，扔在东边的储物间里，我拍照时，上面落满灰尘，结着蛛网。

父亲储物间里的箱子

我哥的生母在炕上一连躺了两天。第三天，我父亲从东边的地里浇萝卜回来，我哥的生母正包包袱，对父亲说她要走娘家，顺便带了两件没洗的衣服，说到那洗一洗，叫我父亲送送她，因为她要领着我哥。我哥三岁。西路家庄里说年龄，都说虚岁。我父亲就找来一辆独轮车让我哥坐上，另一边放上包袱，往外走。我哥的生母跟在后面。

刚走到西路家庄中心那条街那儿，我哥从独轮车上一下翻下来，鼻子破了，嘴也磕肿了，哭个不停。父亲把哥哄着，抱到独轮车上，推起车继续往前走。我哥的生母在后面，一下一下抹眼睛。我父亲说，当时他心里"咚"的一下，感觉特别不好，但什么也没有说。

到召口我哥生母娘家门口，我哥的生母对父亲说，我和强顺进去就行了，你还得浇萝卜，回去吧。我哥小名叫强顺。父亲看我哥的生母挎着包袱，领着哥进了院大门，推着独轮车走了。

我哥的生母领着我哥进了家，到屋里，叫声娘，就出溜到地上，再没有说过话。家里人把她搬到炕上，她眼里流着泪，两手不停地抓炕席。找先生看了也不管用。于是叫了父亲去。

没多久，我哥的生母就去世了。一九五九年七月十二日。

习近平同志讲过一句话，人民幸福生活是最大的人权。非常精辟！倘若连最基本的生存条件都不具备，一切的一切，便全是不切实际的乌托邦。

父亲讲不下去了，不停擦眼。过会儿，才又说起来。

我哥的生母去世后，父亲经别人介绍又找了我母亲。他们结婚时用的还是这张桌子，另外也还是那椅子和父亲又从召口拉来的那箱子，因为桌子、椅子都挺新的，刷也没刷。而单刷一个箱子不值当的，而且还是放在一边不显眼的地方，就也没刷。父亲本来打算去娶母亲时用轿，都雇了，还有轿夫。一日，他到召口赶集，给母亲买做被子的棉花，准备买了后给母亲家送去。集上正好碰见了也来赶集的我姥爷。我姥爷抽烟，父亲给他买了盒烟卷。我姥爷说，还准备使轿吗？父亲说，使。我姥爷抽口烟说，甭了，雇轿雇轿夫的，麻烦，还多花钱，省省吧。套辆马车，把二妮拉来就行。母亲在她家姊妹俩中排行老二。我姥爷说着，接过父亲买的棉花，捎了回去。父亲把雇的轿和轿夫辞掉，由我大爷和我宗岚爷爷家林存大爷赶着马车，把我母亲娶了过来。他们去娶时，我姥爷家擦上萝卜丝子，下的掺了麦子面的地瓜面面条，每人吃了一大碗。回来后，若干年了，我大爷每每回想起来还说，那面条真好吃，香！

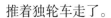

我母亲生了我们兄弟姊妹四个，一九九三年去世了。二〇〇〇年的时候，父亲又找了现在的这个老伴。我们管她叫婶子。

父亲从老房子往他现在住的这套房子搬时，把这张老式桌子也搬了过来，还有椅子、箱子。可新房子宽敞、亮堂，原先我弟弟住的，摆着席梦思床、沙发、茶几。再摆上这张桌子，不伦不类，父亲就把桌子搬进灶房，靠墙放在了这儿，箱子则放在了东边的储物间，上房里只留了那两把椅子。

前一段时间，有个收旧物的想买父亲的这张桌子，二百元，父亲没卖，说不在钱多钱少，还是留着吧。

独 轮 车

原先我们家曾有一辆独轮车，从老房子搬过来后，再没见过。吃午饭时我问父亲，父亲说早坏了，不知扔哪了。

记得这辆独轮车车盘，是在我小时候父亲自己做的，槐木的。车盘两边的材料弧度不够，父亲还把材料架在院东墙边摞起的土坯上，压上石头，点火烤了后才用的。后来我上学读到荀子的《劝学》时，对其中的"木直中绳，輮以为轮，其曲中规。虽有槁暴，不复挺者，輮使之然也……"印象深刻。

这辆独轮车曾是我们家一个主要工具之一，逢下雨、下雪时，都要放到大门门洞里，不能淋了。往家里推土，朝外面运猪圈里的粪，都用。生产队里分地瓜、白菜、萝卜、玉米秸、地瓜蔓子，也都靠它推回家。

旧物回声：记忆中的乡愁

那时，东边的大路家庄、西边的南金召已有磨面机器，电动的。每到周末，母亲都抽空坐在上房门边凳子上，用簸箕一簸箕一簸箕地簸出二十多斤玉米，二十多斤地瓜干，装袋子里，扎紧口，捆到独轮车上，让我和弟弟去磨。大人忙，没有空。弟弟在前面用绳子拉着，我在后面架着车把。我那时年龄小，两手使劲抻抻着，刚刚能握住靠近车盘那里的车把。

没有磨面机器之前，西路家庄磨面用石磨和石碾。石磨虽然都是两块石头做的，样式也一样，但却有水磨和旱磨之分。水磨里面的磨齿比较细，磨的粮食也是水泡过的，磨时有时还要边磨边朝磨眼里舀一点水，磨出来的东西虽然要比旱磨一次性磨出来的东西细，但因为是稀的，不能打罗①。同时，水磨也有粗水磨和细水磨之分，粗水磨一般磨摊煎饼的糊子等，而细水磨磨做豆腐的豆浆等。旱磨磨出来的东西可以打罗，细的罗到笸箩里，粗的倒磨眼里，继续磨。所以，水磨跟旱磨是不一样的。以前，西路家庄里石磨很多，我们

荆山上西路家庄一处果园中的石磨

_____

① 筛粉。

家就有，四周邻居家中，宗仁爷爷家、宗令爷爷家、镜存大爷家都有。条件好点的，盘在一间闲房子里。一般的，直接盘在院子中一个不碍事的地方。按风俗，阴历二月二这天不推磨，石磨上面有两个眼，叫"龙眼"，怕推磨把龙眼磨坏。不但不能推，还要把石磨的上扇支起来，叫"龙抬头"。这天女的也不做针线活，怕伤龙目。

用磨磨东西，少了行，要是多，还是石碾快。以前村里石碾，得是有钱有势的大主才置得起。一直到新中国成立后一段时间，西路家庄还只有村东、村西两盘石碾。它们都在房子里，那房子叫碾坊。村西的一盘是志存叔家的，就在志存叔家西屋后边。往西，是条南北路。路西边，紧挨着一个南北长、两头尖的坑塘。过坑塘，是地。村东的一盘，在用存大爷家的院子里，最早是勋存大爷家的，新中国成立后，因为这个院子分给了用存大爷，石碾也归了用存大爷家。用存大爷家这个碾坊里不但有碾，还有风车，碾谷、碾高粱之类带壳的东西时，可以边碾边用风车吹上面的糠，非常方便。

后来，用存大爷家这座碾坊倒塌了，风车、碾砣子、碾盘、碾架子，都不知到哪去了，只剩下村西志存叔家这盘。关于这盘碾，志存叔说，有老年头了，什么时间建的，他说他今年七十八了，都不知道。到一九七八、一九七九年时，这盘碾还使用，主要是生产队碾豆饼，撒到地里栽黄烟。偶尔也有这家或那家，端着一簸箕不值当到磨面机磨的东西，碾一碾。

生产队碾东西用牲口拉，磨杆上拴上套，牲口棚牵头灰驴套进去，给驴戴上捂眼，吆喝一声："架！"驴便拉着一圈圈转开了。看碾的只负责把碾盘上碾好的东西收下来，没碾的东西倒到碾盘上并摊匀。往碾盘上倒或从碾盘上往下收，要趁驴转到碾那边的合适时机，并紧跟着驴的后蹄子，围着碾盘随着驴转，然后再抽适当时机，从碾盘上下来，不能影响驴。要不，不是驴别了人，就是人别了驴。看碾的一般都是嫂子、婶子、大娘等女人。

西路家庄里就剩志存叔家这盘碾后，它也曾非常忙碌过。特别是黄昏，生产队收工后。因为大伙白天都参加劳动，没空。那时推碾的一家挨一家。宗科爷爷的哥宗美爷爷，是烈士，县志上有记载，一九四三年在广饶的一次战斗中牺牲的，是西路家庄唯一一个上过县级正史的人。宗科爷爷也曾参加抗美援朝，属功臣。他独身，从朝鲜回来后曾结过婚，可时间不长就离了。女的婚后不久回了娘家，再不来了。他去推碾，总是到很晚也推不上，因为尽管每回都提着粮食排上队了，但到他时，他见后边的女人抱孩子的、急火火要回家给孩子做饭的，都有，就一个个地叫越过他，先推。常常晚饭时间早都过一大会儿了，他还没推上，饿得干脆先不推，回家用锅煮地瓜干吃。

那时候我最不乐意推碾，围着碾道一圈圈，像电唱机针头划唱片，机械、单调、枯燥！而为了不耽误工夫，到碾坊就能推，母亲还总是在吃过晚饭老长时间，碾坊上没有人，或天不亮的时候去。点一盏煤油灯，放在碾坊墙壁上灯龛里，昏黄的灯影里，我跟母亲每人抱一根碾杆，"呼隆隆"推着碾砣子，围着碾盘转，困意浓浓，哈欠连天。推着推着，母亲还

碾砣子

要走出碾道，收下碾盘上碾碎的，在笸箩中的罗床子上"咣当咣当"打罗。我一个人推太沉，有时偷懒，便停下了。母亲见我不推，就数落我，吃的窝头呢，嗯？白长了个个子。还说我，不好好推，过年不给你买新衣服，到你姥娘家去也不带你。我就又使劲推动碾砣子。有时，母亲见说什么都说不动我，提溜着扫碾的笤帚，气哼哼过来，朝我屁股上就是几笤帚疙瘩。我就流着泪，再推。

有机器磨后，人们很少推碾了。

从西路家庄到大路家庄磨面，路好走一些，但远，有时还不开磨，得先放那，过几天磨好再去推回来。推一次磨，耽误两次工夫。所以，每回我们差不多都到南金召。但到南金召得从山上走，坡多，一会儿上一会儿下，费力。每回到磨那儿，或从磨那儿回家，我跟弟弟都是满身汗。夏天甭说了，就是冬天，脱下袄，身上也热气腾腾。

有一次，我跟弟弟到南金召磨面，是夏天，下午两点多钟，汗直往下流，一点风也没有，远处近处的槐树上、杨树上，知了拼命地叫，空气黏稠得，扯不动的糨糊一样。我跟弟弟渴坏了，盼望着，要是有点水就好了。到南金召那边，走下山坡，水渠里流着一渠的清水，蜿蜒着流向远处的玉米地。我和弟弟赶紧放下独轮车，过去洗洗手，捧起水来一顿豪饮。可喝完后，一打嗝，感觉有一股怪怪的味道，具体也说不上啥味，就是与正常的水不太一样。我问弟弟觉没觉得，弟弟也问我。我说，反正已喝了，走吧！推起独轮车，继续走。前面转过弯去，水渠青石砌的，上面一片树荫，十来个女人蹲在水渠上，刷鞋、搓尿布，洗衣服和被单，有的在水里漂，有的在搓衣板上揉，有的朝衣服上打肥皂，旁边是搪瓷洗脸盆。水渠里流着一串长长的肥皂泡。我和弟弟感到肚子里一涌一涌的，特别想吐。

此后一段时间里，我和弟弟都非常害怕，担心我们会不会得病。

我和弟弟不光去磨面，有时还推着两捆干草或两捆地瓜蔓子，给猪磨草面子。

去的次数多了，看磨的人都认识我和弟弟了，碰到去磨面的人多，看磨的见天晚了，还先把我们的给磨了，帮我们装到独轮车上，让我们先走。

特别是那个扎两条小辫的姑娘，二十来岁，至今我都记得她的模样，她所给予的帮助和温暖，我至今都不曾忘。

到南金召磨面，不光喝过洗衣水，有一回还差点翻车。

那回我们磨完面，见天晚了，图路近，选择了山上面的小道，而不是绕下面的大道。那条小道到寇家庄那儿要过一条沟，下沟时，我们以为跑到沟那边好省力气，没想到跑起来后，车子越来越快，脚跟不上了，拽还拽不住。如果跟着，会被带倒、摔着；松手，车会摔下去。只好把车子朝一边一歪，让车"呼"地倒在了沟的一旁，闹了一次悬。

而有一回，我哥跟我弟弟上山推石头，就不仅仅是悬，直接就翻车了。

一九七五年，村里在村西给我们家划了一块宅基，我们家要在那里盖房子。为了少拉青石，省一点钱，父亲到西路家庄后面的荆山上开了个石窝，扒出些黑石头，用独轮车推下来，作为房基石的填料和衬里使用。往下推石头得抽空，有时一早，有时一晚。今天一车，明天一车。每回去推，都是父亲架着独轮车车把推到山下，然后再由我哥从山下推到宅基那，卸下来。我跟弟弟都小，推不了，我哥推着下山，父亲又不放心。那回，父亲感冒了，发烧咳嗽，我哥有空，叫上弟弟，推着独轮车到山上去了。哥说每回父亲都是装一点点，这回多装一些，怎么也是一趟，工夫都耽误路上了。他让弟弟扶着车子，搬了满满一车。往起架时，就晃晃悠悠，感觉不太对劲，但以为反正是下山，用不了多少劲，走起来就没问题了。但拐出石窝，接着就是一条下山的斜坡，挺长，基本到山下。走出去没有二十米，他就拽不住车子了，虽然拴了条绳子，弟弟蹬腿朝后拽着，但十来岁的弟弟哪有那么大力气？车子越来越快，哥喊弟弟，快松手！弟弟松了，哥也一松，车子翻了下去，前面的榫摔断，车盘脊梁骨上也坏了好几根撑。

父亲费了老大功夫，才把车修好。

在此之前，独轮车还从后面断过车把。是生产队推去在山上修"大寨田"，被塌下来的土砸断的。左车把。从连接着车盘的那儿。

那个时候学大寨，西路家庄每到冬天，就在荆山上战天斗地整"大寨田"，把原先一块块毫无规则、大小不一的山坡地，从山底下开始，整成一块块既大又方，且还十分规整的大块地，这就需要把高处的土按照统一规划起出来，填埋到低处去。没有任何机械，用镐头刨、铁锹铲，再用独轮车推。山上到处红旗招展，土坡上、山顶上，用白石灰水写着"愚公移山改造中国""向荒山要地，向荒山要粮"等宣传口号。字非常大，几里路外都能看到。由西路家庄往荆山上去的路口上，扎着松门。大喇叭里唱着令人振奋的歌："干干干，咱们拼命干……"

开始是自己村里整，后来，一个公社里没有靠着山的村，也统一组织来整，进行"大会战"。他们推着独轮车，独轮车上载着被子、锅碗、镐头、铁锹。各村以民兵连形式，带着军号，扛着红旗，住在西路家庄麦场上的敞棚里和各家各户中。早晨起来跑操，然后到划分的地块中，劈土、推土。我们家西屋里住着南罗村的几个姑娘，有罗林华姐、罗友英姐、罗鑫凤姐等五六个人，都二十多岁。她们白天到荆山上整"大寨田"，晚上开会、学习、演节目。都是天不亮起床，晚上挺晚才进门。有时很晚了，还在我们家西屋里唱歌，点着一盏煤油灯。

"八月桂花遍地开，

鲜红的旗帜竖呀竖起来，

张灯又结彩呀，

张灯又结彩呀，

光辉灿烂闪出新世界。"

她们只在我们家住，吃饭、洗漱等都到她们划定的连部，那里有食堂。一般从种完麦子开始，干到春节就都回去了。时间虽然不长，有的青年男女却认识、并处成了对象，云东哥就是，他的媳妇是王家庄的，整"大寨田"时住在云明哥家里。现在，他们的两个姑娘已都在外边工作了，云东哥也六十多岁了。他们一定还会记得那个激情燃烧的年代里，"大寨田"上劈土造田的日子。因为，就是在那时，他们收获了甜蜜的爱。

我们家的独轮车车把被砸断后，推到麦场上，生产队里安排宗义爷爷找两块二十多厘米长的铁板，各弯成弧形，打上四个眼，把断了的车把与车盘上的车把对起来，夹好，拧到了一起。

此后，这辆独轮车便开始带着疤痕"服役"，直到最后消失，无影无踪。

我问父亲，谁家还能有独轮车。父亲说，元宵节玩玩艺儿的时候，云秋媳妇曾推着一辆。上面一边一个金灿灿的大元宝。不知还有没有。我问："是今年吗？"父亲说："是。"

吃过午饭，我开车到4S店修车，在父亲屋后面胡同口碰上了云秋媳妇，推着电动三轮车，正要出去。现在西路家庄里，出行已经很少骑自行车，电动车比较普遍，再就是轿车、摩托车。云秋媳妇看到我，赶紧停下，跟我打招呼。她要到镇上。儿子在镇上买的商品房，儿媳妇刚生了小孩，要去伺候儿媳妇月子。电动三轮车后斗上，放着花生油、鸡蛋、挂面。我问她独轮车的事，她说："是啊，我推过。在云兵家。我去给你看看。"我说："不耽误你吧？"她说："不耽误，你等着。"我在胡同口，跟坐在凳子上玩的阶存大娘说话，云秋媳妇回来了，说独轮车还在，正好云兵媳妇在家。"走，我带你去。"

云兵家住在西路家庄东北角，往北是已经停烧的砖窑，大门铁的，漆成赭色，朝西。现在西路家庄已基本都是这样的大门，结实、宽敞、亮堂，那种黑色木头大门已很少见了。再早的那些篱笆门，比如宗令爷爷家、宗伟爷爷家、章亮老爷爷家、宗者爷爷家、明存大爷家、云明哥家等，早就没了，只在村边子上的果园里偶尔还能见得到。云兵家的大门朝南北水泥大街。这条街曾经是窄窄的土街，往北，连着东北—西南走向的那条土路。当年，公社电影队来西路家庄放电影，都是从这条路上过来。每回我们老早就跑到前面候着了，等待那辆拉着放映机的灰色驴车出现，然后前呼后拥到麦场上画线、占地方，谁都怕好地方被挤没了。现在，那种看电影的激情早没了，电视的出现，让那种激情彻底退却了。村里偶尔还放电影，但场子上绝不会超过十个人，还无一例外都是老人。

中国社会的发展，速度之快，由此可见一斑！

旧物回声·

记忆中的乡愁

云兵媳妇已在她们家东屋门口，我一进去，她立刻带我到东屋里去。独轮车靠南墙立着，轮胎朝向北边。车子周围挡着些七七八八的东西。两个大元宝也在旁边。我看了看，这样不能拍。云秋媳妇过去移了移，问，这样呢？我说还是不行。她说，那干脆搬到外边吧。她和云兵媳妇，也不管灰尘不灰尘，挪开东西，朝外搬。云兵媳妇说，车子是安存叔家

云兵家的独轮车

的，西路家庄都问遍了才找到的。玩玩艺儿时临时借的，一直没还，准备以后再用。云兵媳妇喜欢玩玩艺儿，在娘家时逢元宵节就扮玩儿，还到西路家庄表演过，戴着那种大头娃娃。

车子在院子里也不好照，院子太小，总是把其他一些东西也拍进去，乱。农村的院子里，不是筐，就是木头，还有绳子、塑料管、铁锹、镢。云秋媳妇说，推到街上吧。

车子推到了街上。附近的云森媳妇、华存婶子也都过来看。

西路家庄里，那曾经的主要运输工具，如今，竟转变成为玩玩艺儿的道具了。而且再用不了几年，肯定也将远去了。

第二章　寿存叔家的发现

织布机·砘轱辘·地瓜刀·网眼铁皮暖壶

织 布 机

待车修好，再返回西路家庄，已经是一个星期之后了。

根据上次父亲的提示，我停好车，直接到寿存叔家去找风箱。

寿存叔是宗忠爷爷的二儿子。住在父亲门前东西胡同东头，朝南一拐，路东第一家。他小时跟着宗歧爷爷念过私塾，有文化。生产队时，做过生产队的会计，天天坐在会计室里打算盘、算账。用蘸水笔在那种有着细密格子的账本上记账。他算盘打得好，"噼里啪啦"一遍下来，不会有任何问题。有时也看磅秤，一会儿换大秤砣，一会儿换小秤砣。拿着账本，"人七劳三"地一家家分粮食。"人七劳三"，就是如果粮食总共一百斤，那么七十斤按人头分，三十斤按劳动所挣工分分。总体上就是家庭劳力强的拉着劳力弱的，吃大锅饭。因此，那时家庭小孩多、劳力弱的，反而要比家庭大人多、劳力强的，日子要好过一些。因为分的粮食少不了多少，但小孩吃得少。

寿存叔担任生产队会计时用过的算盘

劳动成了分配的一种辅助和参考，而不是第一要素，这导致劳动者的积极性越来越弱，想办法不出工或出工不出力的现象非常普遍，成了后来促使生产队解散、实行联产承包、进而土地完全承包到户的直接诱因。

　　寿存叔喜欢打枪。以前西路家庄很多人家里都有鸟枪。上面有个机头，一扣扳机，机头落下，撞击下面的发火装置，点燃枪膛中的火药，将铁砂子发射出去。形状有点像半自动步枪。他空里常常背着，在荆山上或南边洼地的荒草中打兔子。有时也到外边。最远的到过北边的孤岛，离西路家庄一百多里地，背着被子，一去好几天。一般都合伙，好有个伴，遇事能相互照应。我大爷，还有村里的长伟哥，都去过。长伟哥是西申家桥的，住姥娘家，他姥爷没有儿子。长伟哥大眼睛，高个子，一表人才。姥爷和姥娘去世后，他离开西路家庄，又回西申家桥了。逢年过节，开车来西路家庄给他姥爷姥娘上坟。西路家庄有一个在青岛工作的，说长伟哥那辆车，少说也得一百多万，村里人没有不夸的。一九八五年前后，鸟枪被镇上统一收走并进行保管了，村里再没人打了。

　　拐过胡同口，寿存叔正在大门外，坐一个小板凳上，朝北边胡同口那里看。那边有几个人，聚在一起说话。寿存叔喘气有点粗，身体不太好，已经八十一了。我叫声叔，过去蹲下，跟他说话。寿存婶子在院子里，听到走了出来。听说我要找风箱、拍照，她说，那快进来吧！

　　我要替寿存叔拿小板凳，他不让，我跟在他们后面进了院子。这是西路家庄实行宅基统一规划后的第一座宅基，长和宽各二十米。之前，西路家庄的宅基属于私有，可以出让、买卖。由于各家宅基大小、形状各不相同，村民盖房都是根据自家宅子布局情况，瞅空地盖或将老房子拆了重盖。有的北屋、东屋、南屋、西屋都盖，有的则只盖北屋，或只盖南屋、西屋。所盖房子东一座、西一座，斜角的、错山墙的都有，高高矮矮，大大小小，排列杂乱无序，导致大街里出外拐，胡同曲曲弯弯。统一规划后，这种情况才慢慢改变。目前，村里已基本形成了横成排、竖成列的房屋建筑格局。原先的"丁"字大街，变成了村东一竖，村西一竖，中间一横的横"工"字大街。大街宽十六米。二〇〇六年，由村南进村、直通村东大街的路铺设了沥青。二〇〇九年，村大街铺设了水泥，街上全部安装了路灯，每天专门有两个人穿着橘红色马甲，对大街进行清扫。

后来，西路家庄的宅基面积，虽然又从开始时的长和宽各二十米，变为长和宽各十七米，再变为长十七米、宽十五米等，但寿存叔家一直在这块宅基上没动，因此，院子相对比较宽敞。院子里种着菠菜、大蒜、白菜、生菜。绿油油的，非常鲜嫩。这也是西路家庄很多院子里，你进去后，经常能看到的景象。在后来的探寻中，云江哥家、左存叔家，都有。颇有郑板桥的"一庭春雨瓢儿菜，满架秋风扁豆花"的韵味。农民，特别珍惜土地，生怕有闲置导致浪费，屋角、墙边，都要点上几株丝瓜，稍宽敞点的，还要栽上两棵香椿芽，或一棵葡萄、两棵无花果。一九九六年，村里为各家铺设上自来水管线后，为浇菜提供了方便。以前，西路家庄吃水都是到水渠上拉，村里有看电机的，定时放水，一家一辆简易水车，微型地排车做的，上面卧着一个铁皮鼓子。再早，村里吃水从井上挑，家家都有一根担杖，两只水桶，一根井绳。井口都是敞开式的，无任何遮挡，不卫生不说，遇到下雨或冬天结冰，还相当危险。长伟哥的姥娘有一次就因为挑水掉到了井里，幸亏发现早，捞了上来，只是受了些惊吓。

我和寿存叔进上房，寿存婶子到东偏房去拿风箱。上房屋地上铺着瓷砖，非常干净，摆着沙发、茶几等家具。有液晶电视、空调等家用电器。茶几上放着一部纸页已经黄旧的四角号码字典，旁边还有一个放大镜。

寿存叔家现在就他和寿存婶子两人。两个姑娘已经结婚，大姑娘在附近的一个村，小姑娘在张店。

寿存叔家的风箱

寿存婶子把风箱拿出来，喊我出去拍照。我出去，她正吹风箱上的灰，一股股的灰尘从放在地上的风箱上卷起来，直往四周扑。寿存叔说，风箱是他弟弟美存叔做的。大武村的风箱非常有名，制作历史最早可以追溯到清朝乾隆年间，村里百分之九十以上的人家都做风箱。寿存叔的姨父孙景收是大武的，会做风箱，美存叔到大武拜寿存叔姨父孙景收为师，学了一个月，回来做了这个风箱，六十年了。美存叔聪明，这个风箱做得非常精致，这么多年过去，依然严丝合缝，无一处变形或开裂，拉起来"呱哒呱哒"的，还非常有风。

寿存婶子会织布，寿存叔家奶奶活着的时候，也会。拍完照，我和寿存叔、寿存婶子拉呱①，说起织布的事，寿存婶子叹口气："唉！说起织布，太不容易了。可以前穷，

_____

① 山东方言，指闲谈、聊天。

除了年轻人结婚能到商店买几尺洋布，做身衣服，别的都得靠织，不织不行。"她掀开床上铺的褥子，依然是早先自己织布染的那种蓝底白花的。现在西路家庄里，已经没有几个人铺了。这种蓝色的颜料是从一种叫"蓝"的植物中提取出来的，植物的样子有点像冬青，章奎老爷爷种过。掐片叶子一咬，牙上全是蓝色，很难洗掉。褥子蓝底子上的细碎白花，乍一看好像是印上的，仔细看看其实不是，就是布的本色。制作方法是：把手刻镂空花版平整地铺在白布上，然后均匀地涂抹上用豆面和胶打的腻子，让腻子凝固在白布上，再将布染成蓝色。洗掉腻子后，遮住的地方便显现出了花、鸟、树、草等图案。现在，这种民间工艺已经很少有人使用，如同木版年画一样，假如不加以保护，慢慢地，这份非物质文化遗产，就会失传了。

寿存婶子告诉我，织布得先用纺车纺线，右手摇着纺车，左手牵着用棉花搓的棉条，一线线地拉着纺。日夜不停，两天半大约能纺一斤线，这还是快的。

这使我想起了母亲。

小时候，冬日的晚上，母亲便常常在屋地上，坐着蒲团，伴着昏黄的油灯，"嗡嘤嗡嘤"地摇纺车。往往，我们都在炕上睡一觉了，她还盘腿坐在那里。那个勤劳善良的慈母的背影，让我至今都不能忘。这也是西路家庄所有那些当娘做母亲的的一个缩影。她们生儿育女，吃得千般苦，但无怨无悔，即使过得再艰难，也都想方设法让日子充满温暖。那时过年买不起肉，母亲就天不亮跑到公社肉食店，冒着严寒排队买猪肠子，今天买不到，明天再去，回来后

---

① 1尺约为 0.33 米。

一遍遍淘，用高粱秸顶着，翻过来覆过去，反复搓，提溜到大锅里，放上大料，开锅后文火"咕嘟"着，满院子的香气。没肉不能炸肉丸子，母亲就买豆腐渣，攥成窝头，蒸熟后，掺上面炸豆腐渣丸子。没有白面蒸馒头，母亲用地瓜面摊煎饼。垫子里摆满了，放斗筻里。斗筻是用绵柳条子编的一个物件，装粮食，平了正好一斗，所以叫斗筻。早先有到村里卖馒头的，就用斗筻扛着，一大早在街上喊："一面馇馇①了！"盖着包袱。掀开来，热气腾腾。斗筻用坏了，有到村里来修的，挑着修理工具，进村喊："扎裹簸箕筻子了！"找个地方摆开摊子，泡上绵柳条子，在那里等着。有换簸箕舌头的，修筻子把的，循声拿出来了。筻子修好后，手艺人往往要在地上守着你墩几下，簸箕呢，则朝旁边用力一扔，以示修得好、结实，用起来轻易坏不了。煎饼放垫子里和斗筻里后，怕老鼠吃，吊梁上。从一进腊月开始，便满院子里飘着洁白的蒸汽，还有那蒸汽里的悠悠的香，使我们忍不住走路都蹦蹦跳跳。母亲那有形的行动，让我们心中充溢着无形的幸福，至今回想起来仍甜美无比。

寿存婶子说，纺出线后，线穗子一个个的再录到枴子（木质缠线物件）上。几家合伙找师傅来，按照你打算织多么宽的布，确定多少头的线，一头一个枴子，到一处空旷的地上，把线牵好，捋成块，再用面打糨糊，糨好，刷到织布机枴子（织布机线轴）上，开始织。

织布机最早是扔梭，后来变成了拉梭。扔梭，是把梭从右边沿经线往左边扔过去，左手接住，右手捥一下织布机上的柱，织一下，然后左手再把梭从左边扔过来，右手

将线用的枡子 织布机枡子

接住，左手拽一下织布机上的柱，再织一下。梭是枣木的，光滑、结实。在扔梭拽柱的同时，织布机底下还有两个连接综架的踏板，左脚一下，右脚一下，相应地进行踩动。循环往复，布便慢慢织出来。手脚配合不好不行，左右兼顾不到也不行。否则，手忙脚乱，半天织不了一下，净出乱子。技术好的，晚上也可以织。一般的，则不行。油灯光线太暗，比不得白天。不是梭扔不正，经线上卡住，就是线断了，半天接不上。换拉梭的以后，好多了，梭在卡槽里来回跑，不用扔了，织起来也快了。寿存叔家奶奶活着的时候，扔梭和拉梭都织得非常好。不停地织，一天能织一丈①布。寿存婶子织布，就是一九五八年和寿存叔结婚后，跟着她慢慢学的。

寿存叔家奶奶叫王梦兰，娘家是南边王家庄的，曾是当地的一个大地主，她父亲兄弟四个，当年分家时，每人分了一万块银圆，一个如今叫人听了都咋舌的数目。她父

――――――――――――

① 1 丈约为 3.3 米。

亲四个闺女，后来生了一个儿子。老来得子，宝贝疙瘩似的。但儿子长到十六岁，因病死了。她父亲从此灰心丧气，认为后继无人了，便怎么享乐怎么来，大把花钱，吃吃喝喝，把好端端的一个家给败落了。到新中国成立时，家境属一般略上。划成分时，定为中农。

王梦兰奶奶的小脚，是那时西路家庄里最小、最美的一双。结婚时，大伙都跑去掀开轿帘看。那双小脚涩缩着，羞答答地裹在尖尖的绣花鞋里，可谓名副其实的"三寸金莲"。据说是从她五岁开始，由娘给缠的。先准备下一根长长的白布条，还有明矾粉，然后将她哄到凳子上，盆里倒上热水，把脚搓洗干净，脚趾间均匀地撒上明矾粉，将除了大拇指以外的脚趾朝脚心里窝着扭。她疼得拼命哭叫，死去活来，但被摁着，不能动。脚趾扭好，用白布条一层层缠起来。怕她嫌疼，撕开，还拿针线缝住。两脚裹起来后，根本不敢着地走路，上炕都得两手扶着炕沿。疼得锥心刺骨。

过一些日子，脚刚感觉不怎么疼了，娘把布条解开，看看，还差点，又往里勒了勒，她又疼得不行了。这么折腾几回，终于不再勒了，脚，也变成尖尖的小菱角了，走路迈不了大步不说，还不稳，就是遇到天塌地陷的事，也只能一点点，慢慢朝前倒腾，干着急。

要说起来，王梦兰奶奶还是西路家庄里最后的三个小脚老太太之一。另外两个分别是宗令爷爷家边红雲奶奶和宗智爷爷家路边兰奶奶。

宗智爷爷是章政老爷爷的儿子。章政老爷爷已在二十世纪六十年代初就去世了，他是那个时候西路家庄最后一个出殡用大架子和响器的，叫"出大殡"。大架子，是一个专门装棺材、发丧的工具，长方形，分上下两部分，形状

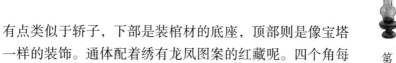

有点类似于轿子，下部是装棺材的底座，顶部则是像宝塔一样的装饰。通体配着绣有龙凤图案的红藏呢。四个角每个角上一个长丝垂穗的龙头。装棺材时，顶部搬下来，放大床前边。装好了，挪上，扣好。大架子抬起来后，随着步幅有节奏地往前移动，龙须会起伏颤动，活了一样。响器有喇叭、镲、锣。吹打起来，"呜哇呜哇——咣——当"，"呜哇呜哇——咣——当"。"呜哇呜哇"的声音高，"咣"和"当"的声音低。"呜哇呜哇"是喇叭吹出来的，"咣"是镲打出来的，"当"是锣敲出来的。这几种响器相配合，非常有节奏，声音尖锐、凄厉。

王梦兰奶奶、边红雲奶奶、路边兰奶奶，已先后于二〇〇四年、二〇〇五年、二〇〇六年去世，一个个，紧挨着，年龄分别为九十三岁、八十五岁、八十四岁。三人中，相比较而言，路边兰奶奶去世时年龄最小，她的丈夫宗智爷爷去世得也最早。二十五岁。那时，她二十一，带着两个儿子，大的五岁，小的两岁多。这三个奶奶去世后，西路家庄就再没有裹脚的了。那种走起路来一扭一扭，风摆杨柳般的娇小身影，从此成为西路家庄的历史，化作永恒的记忆了。

缠足，这种以摧残女性双足，人为制造独特"女性美"的行为，极其残忍，自北宋开始，直到民国时期才被彻底废除。

小脚里头，裹着一部中国历史，也裹着一部西路家庄六百多年的历史。

我问寿存叔，织布机还在不在，寿存叔说，扔梭的早没了，拉梭的还有一半。咋还一半呢？因为织布机太大，放哪都占地方，已经用不着了，留着又没什么意思，就把上半部分锯掉，留下下半部分，改成床了。他领着我到西偏房去，看那下半部分。

进门，在房子的西墙边放着，上边、底下都堆着东西。他掸着灰尘，把东西一件件挪开，让我看。左瞅右瞅，已基本分辨不出织布机的样子，面目全非了。

问他，西路家庄谁家还会有织布机。原先有织布机的很多。他说，没听说谁家还有这个东西。寿存婶子说，宗仁爷爷家好像还有个织布机上的枌子。她说忘记是谁结婚的时候，她见用过，当时问是谁家的，说是宗仁爷爷家的。原先西路家庄年轻人结婚，新娘子下轿后过门，要在接新娘子的人的搀扶下，从枌子上迈过去。现在已很少有人再用。

农村里有很多习俗都是从过去贫穷的生活实际中产生的，例如，年三十晚上包初一早晨起来吃的饺子，不能放肉，说"要想富，年五更里吃顿素"。其实是吃不起肉，大过年的，图吉利，又不能说吃不起，找个体面的借口罢了。后来，有钱了，再没包素的了。先是肥肉，现在又全是瘦的。乡村文化也是在继承传统的基础上，伴随着时代的变迁而不断变化的。这也符合辩证法。

砘轱辘

到寿存叔家西偏房看织布机时，门口有一个青石轱辘，上面落了些泥土，中间有孔。出来后，我把青石轱辘立起来一看——砘轱辘，只是没了把儿，轴，也不知到哪了。

从前，砘轱辘也是西路家庄的一个劳动物件，家家都有。

寿存叔家的砘轴辘

那时，地使不上肥料，浇水也很少，特别是荆山上的地，就是靠天吃饭，因此，山上的地基本都种高粱，西路家庄叫"秫秫"。高粱耐旱，有时下多了雨，涝点也不要紧。还有就是高粱蒸的饼子邦邦硬、红彤彤，咬起来跟吃猪肝差不多，涩，拉嗓子。包括高粱面做的粥。因此，也顶饭吃。而且高粱壳也可以掺到高粱粒里，一起碾成面吃。早先在西路家庄，除非个别富裕一些的人家或者大户，很少有种谷子的。穷家只吃带糠的高粱饼子，喝高粱粥，富家才吃小米饼子，喝小米粥，吃小米煎饼。

种高粱大多都在春天，"清明秫秫，谷雨谷"，季节不能错过了，"一翻二不收，三翻到了秋"。一旦错过了，一年又"唰——"地过去了。

高粱种上后，经过整整一个夏天的生长，秋天收割。先用镰刀把高粱一棵棵割倒，再把右手拇指套进钊刀子套，虎口压住刀子上的托儿，其余四指拢住高粱秸，在靠近穗子约一尺来长的地方斜着往上一推，把高粱穗子切下来，叫"扦秫秫"。一般右手切，左手拿，边切，高粱穗子边顺着左胳膊一个个朝上移动，大约十来个够一捆时，抽一根不太好的高粱秸捆起来，一拧，运到场上，晾晒，打场。

钊刀子

父亲说，我爷爷活着时，特别有力气。

新中国成立前，西路家庄村南有一片梨园，宗寿爷爷家的。有年秋天，熟梨的时候，宗寿爷爷晚上正在梨园里睡觉看园，忽听到有人摘梨。还是好几个人。他吆喝一声，那伙人根本不听。宗寿爷爷从看园的房子里拿出鸟枪，朝天打了一枪。那几个摘梨的是绑票的，一听，"捎上他。"就是本来不是绑宗寿爷爷的，捎带着了。据说绑票的也有行话，比如问被绑者家里的墙上有没有葛针①，不直接说，而是问，马上有没有鬃？西路家庄的老人讲，这些人晚上出来干事最怕碰见撒网打鱼的。因为意味着很可能要落入法网，受到惩处。因此，特犯忌讳。一旦碰上，要撕碎网，将撒网者弄死，扔河里。有一个在西路家庄东边乌河撒网的就是，晚上被绑票的扔河里了。但这个人命大，没被打死，水性又好，活了。后来，他有空就悄悄在那一片苇丛中隐藏，带着网，等待那几个人。可巧，一天晚上，又碰上那几个人了，他一听声音，猫猫着腰，蹑手蹑脚慢慢摸过去，冷不丁撒出网去，把几个人全网在里面，跑了。这

---

① 带刺儿的酸枣树树枝。

几个人不久就进局子了。

一九四九年以前，社会很乱，土匪、绑票的盛行。西路家庄群丛哥家的宗福奶奶、镜存大爷都被绑过。宗福奶奶先被绑的，夜里被扔到了寇家庄一口井里，还丢下去两块大石头，绑票的以为，一个娘儿们，小脚，扔下去就淹死了，便走了。可石头没砸中宗福奶奶，她从井水中泛上来，两手抠住了井筒。等到天亮，听到井上有人经过，大喊求救，被捞了上来。救人的一看是西路家庄的，还给送了回来。后来，镜存大爷也被绑了，带到西路家庄东边杏园里，扔在那，绑票的折回去想再绑群丛哥。镜存大爷一看，绑票的走了，是个机会，得赶紧跑，否则命可能就没了。绑他用的是麻绳，他使出全身力气拼命一挣，没想到麻绳竟"啪"地断了，撒开腿就蹿了。正好群丛哥夜里也感觉不对劲，藏了，绑票的没有绑成。

有一回，宗财爷爷白天卖个闲院子，得部分铜圆。晚上吃晚饭时，看天不太好，头几天脱的土坯准备盘炕，便从院门口往院子里搬。忽然，两个人跟进来，架住宗财爷爷问："钱呢？拿几个花花。"那时，这些劫匪常常借天黑吃晚饭这个时间闯进家里作案，叫"扑灯花"。因为这个时间街上没人，静，家里也还都没来得及关门。宗财爷爷哆嗦着，赶紧叫宗财奶奶打开柜子，把铜圆连盛铜圆的布袋一起拿出来，一个也没留。从此，宗财爷爷每天不等天黑就拴好院门。晚上，房门上拧上铁丝，顶上棍子，挡上椅子。说话也不让大声，精神受到刺激，变得有些神经质。

原先村里的房子是全土坯的不说，窗户还都非常小，窗棂也特别细密，大概是出于安全考虑。不像现在，房子都是大窗户，还都装玻璃。

宗寿爷爷被绑去后，绑票的夜里送来帖子，让家里人某月某日到某某地点，点上三炷香，放钱，领人。我爷爷得知后，在村街上说："甭听他们那一套，到晚上他们再来，告诉我，我拿把镰，藏在树园子里，逮住一个，就谁也跑不了。"

隔不几天的一个晚上，我爷爷从召口亲戚家借来一头驴，在碾坊里推碾，跟我奶奶压糕面子，正灯影里赶驴推着，忽然进来两个人，一下把油灯划拉到地上，一个从背后抱住我爷爷，一个把枪顶在我爷爷的腰上。我奶奶哪见过这阵势，出溜一下晕倒在地，不省人事。

我爷爷略微一试，抱他的人并没多大力气，而且那两个人的个头也没他高，便忽然猛一拧身挣脱开，把顶着的枪"咔嚓"打在地上。那两个人仗着有枪根本没防备，黑咕隆咚的，赶紧在碾道里慌着摸枪。我爷爷跨出碾坊，跑了。等那两个人摸到枪，我爷爷早跑出好几十米，不见踪影。他们见我爷爷跑了，慌忙中，对着碾套上的驴头开了一枪，驴被打死，他们也逃了。我奶奶要是不被吓晕，躺在地上，估计性命难保了。

我爷爷朝家运高粱秸，都是靠扛。把高粱秸捆好，然后几个交叉着捆成"人"字形，竖起来，头钻进交叉的地方，一挺，扛起就走。一片山地，一趟趟的，半晚上不到就扛完了。

寿存叔说，我爷爷往山上挑水栽烟，嫌用水桶挑慢，直接用辘轳的两个罐斗，还都装满满的。罐斗底下尖，没法朝地上蹲，他就在地里刨上两个尖坑。他到六十里外的索镇去买豆饼，二十五斤一个，十个共计二百五十斤，就用扁担挑。到了西路家庄村北，天黑了，我大爷去接，那时，我大爷已经十八岁，弯腰钻进扁担下，咬牙起了几起，都没挑起来，更甭说走了。

一直到二十世纪五六十年代，西路家庄运输基本还是杠子抬、扁担挑。杠子抬虽然轻松一些，但必须两个人，因此相比较而言，还是扁担挑方便些。

外边有到村里来打铁壶的、剃头的、锔锅锔盆的、赊小鸡的，也都用扁担挑着。挑的东西要是重，边走扁担还随着挑者脚步的迈动一颤一颤，发出"嘎吱嘎吱"有节奏的响声。

锔锅锔盆的，挑着担子，进村喊：

"锔——锅——嘞，锔——盆——啵——"

冬天找个朝阳的地方，夏天找块背阴的地方，七七八八摆开摊子，边跟人说话边锔。胳膊上戴副套袖，大腿上铺块粗白布，抱着盆用钻打眼，小锤朝钻好眼的地方"吧嗒吧嗒"敲锔子。好的锔匠不但锔的盆不漏水，锔子排列也齐整、美观。偶尔也有锔缸锔铁锅的，从家里扛出来，但很少。冷不丁还有锔花瓶、锔碗的。往往都是祖上传下来，或有什么特殊纪念意义的物件，舍不得扔，坏了又可惜，怎么办？用小银锔子锔起来。留着，也是个玩艺儿。

赊小鸡的，基本都是春天来，阳历五月份，天暖和后，大约开始熟杏的时候。盛小鸡的物件是用苇篾编的专门的笼子，长长的、扁扁的，椭圆形，周围有孔，一层一层摞起来，有点类似于蒸馒头用的笼屉。里面的小鸡黄黄的，毛茸茸的，"唧唧唧唧"地叫，隔老远都能听得到，还没到村口，赊小鸡的开始喊：

"都——来，赊——大——'窝鸡'了——"

"窝鸡"就是鹅鸡，意思是小鸡将来会长得像鹅一样大，说明这小鸡好，有生长前途。相当于现在做广告。有些广告不就是把缝衣针吹成棒槌，把本来不怎么样的一件产品吹得天花乱坠吗？但西路家庄这一片说话发音，很多带"ē"音的不发"ē"音，发"ō"音，河流不说河流，说"活流"，俄罗斯不说俄罗斯，说"窝罗斯"，哥哥不叫哥哥，叫"过过"。还有，凡是需要用"非常"和"特别"以及"很"进行形容的，一律用"岗"，非常好，说"岗好"，特别甜，说"岗甜"，很好看，说"岗好看"。

村里人听到吆喝，陆续从家里出来，主要是结了婚有小孩分家单过的妇女和裹着一双小脚的老太太。也有大男人，很少。把褂子前襟兜起来，抓个小鸡放到里面，仔细看，认真挑，公的母的？健康不健康？能不能长成大鸡？如意了，留下，不如意，再给人家放回去，另挑，不要紧。回家放在苇篾编的、葫芦状的鸡笼里。

赊小鸡的有一个本子，记着所到赊小鸡的村子、赊小鸡人的姓名、赊的价格、数量，然后让赊小鸡的人签字。很多人没文化，不识字，签不了，便做个标记，打个对勾或画个圈。等到秋后，庄稼收割了，麦子种上了，粮食入仓了，一切都忙完了，小鸡长成大鸡，明年该下蛋了，再来收小鸡钱。

西路家庄里要单论挑扁担的力气，除了我爷爷外，寿存叔的爹宗忠爷爷也是一把好手。他个不高，也就一米六九，体重在一百二十斤左右，挑东西时往往看不见人，只看到两头的东西一颤一颤地走。他是一九七三年去世的，一九七一年得病的前一天晚上，还捆了两捆地瓜蔓子，准备到十好几里外的金陵镇去卖。这两捆地瓜蔓子，每捆都特别粗。寿存叔当时三十三岁，弯腰钻到扁担下，咬着牙，尽全力才能把地瓜蔓子挑起来。宗忠爷爷是糖尿病去世的，到最后还特别喜欢吃糖。家里来亲戚有时给小孩带糖，成块的。他常常趁人不注意，把小孩的糖从手里抠出来，扒开纸，填嘴里。等不得化，"咔咔"嚼。寿存叔说，那时医

旧物回声：记忆中的乡愁

学知识少，不知道这是糖尿病，更不知道得忌糖，见他喜欢吃，想方设法攒钱买，老人嘛。西路家庄有代销点，每次代销点到上面去进货提糖，一般只给二斤，多了不给。寿存叔都是跟代销点的代销员宗玉爷爷商量，求着卖给他。宗玉爷爷就留下一点点，然后都交给寿存叔。后来，西路家庄代销点上的糖远远不够，寿存叔又跑到郝家庄、寇家庄买。宗忠爷爷到最后，尿的尿都是粘的，闻着味都非常甜。

　　耩高粱用单腿耧。把土粪起出来，晒干捣细，高粱种子拌粪里，用插子挖起来倒进耧斗，耩到地中。"密倒秫秫稀倒谷"，就是说，耩高粱，种子稀一些好，耩谷，密一些好。具体多少为宜，全凭多年积累的经验还有技术。稀了，苗不够，耽误庄稼。"有钱买种，没钱买苗。"如果密了，浪费种子不说，薅苗也麻烦。薅高粱苗还好一些，用锄锄，谷苗则用牛鼻圈，蹲地里，一鼻圈一鼻圈拉，腰酸腿疼不说，净耽误工夫。

　　有一年谷雨，宗方爷爷在荆山上耩了些谷。出苗时到地里一看，那苗密的，觉得可能于衡英奶奶多放谷种了，心疼得一剜一剜。强压住火，回家对于衡英奶奶说，今年这谷苗，是不是种放少了，怎么这么稀？于衡英奶奶说，啊？这我还是怕少，偷着又挖上一碗呢！宗方爷爷气得拽过于衡英奶奶就打，没头没脸地。于衡英奶奶哭喊着挣开，拼命朝外跑。宗方爷爷提鞋追到街上。人们听到又喊又叫的，过来拉着，问清了原因，劝说一阵，宗方爷爷才消了气。宗方爷爷老早就去世了，农业合作化那会儿生病走的。他们有个闺女嫁到了寇家庄。闺女怕于衡英奶奶一个人孤单，叫自己的闺女云筝来西路家庄跟于衡英奶奶做伴，遇事好有个照应。云筝十来岁，身材窈窕，很听话，《红楼梦》里的林黛云似的。于衡英奶奶下地干活，挣工分，云筝就放学后帮于衡英奶奶料理家务、做饭。她挑不了水，有时家里没水了，于衡英奶奶在地里干活顾不上，她就把烧水的铁壶拴上绳子，到井上打水。好在就她和于衡英奶奶两个，也喝不了多少。

一九七几年的一个秋天，具体哪一年，西路家庄的人已说不清了，生产队晚上在麦场扒玉米，于衡英奶奶领着云筝去了。那时每到过秋，白天男女劳力在地里掰玉米、割豆子、耕地、耙地、扶垄、种麦子，晚上到麦场扒玉米。扒好的玉米一对或几对系好，垛成塔形的圆圆的垛。生产队根据每家每晚垛的玉米垛的高度记工分。玉米皮则是谁扒的归谁。这可激励了村民们，因为不但可以挣工分，还可以得玉米皮烧火，一举两得。

于衡英奶奶和云筝找个玉米堆边合适的位置坐下了。那时已来了很多人。不大会儿，又来了很多。男女老少，一家也不少，谁都怕耽误挣工分、得玉米皮。玉米大堆上放个凳子，上面架着汽灯。保管绕着玉米堆过来，把一张张写着户主的纸条交给每一家，好让每家离开时压在自己扒好的玉米垛上，第二天进行测量，一家家计工分。

汽灯光里，说话声、扒玉米声，十分嘈杂。云筝对于衡英奶奶说想去尿尿，于衡英奶奶说，去吧。云筝于是从高高的玉米皮堆上爬了出去。

十分钟了，没回来。半小时过去了，还不见影子。于衡英奶奶喊："云筝！云筝！"旁边的人说，小孩子，可能打盹，回家睡觉了。于衡英奶奶说，她很听话，没跟我说，不会回家的。这个时候，扒玉米基本结束了，已经十一点多了，大伙都陆续起身捆玉米皮，朝家走了。别人说，你先回家看看吧。

于衡英奶奶回了家。没有。

又折回来，围着麦场喊，根本没有回应。麦场上剩下的人开始帮着找，也没找到。大晚上的，能去哪呢？

玉米堆不远处有口井，水不深，井口挡了东西，但不严，云筝从那缝隙处，掉进去了。找到并捞上来时，已经死了。

于衡英奶奶、云筝的父母、其他亲人们，疼得死去活来，西路家庄的人也都唏嘘不已，这么好一闺女。但人已经死了，只好找个地方埋了。因为是个孩子，连坟头都没有。

一晃四十多年了。村里的老人说，也就五十岁以上的还记得，年轻人根本就不知道那个年代还有这样的荒唐事！

他们叹息，那时人的生命似乎比不得如今这般金贵，也没有法律、维权、索赔这些东西，一个人死了，也就死了。

高粱是浅根作物，还有谷子。幼芽从深土中破土而出的能力非常弱，所以耩种子时必须要浅，俗话说："麦耩黄泉谷耩天。"而春天地干风又大，为了保墒，防止高粱苗出来后被风刮出来，高粱种子耩上必须用砘轱辘砘，还要反复好几次，"七遍秫秫八遍谷"。

砘轱辘上有个轴，一根长长的木杆，顶头一个叉，正好分开连接在青石轱辘的轴上。木杆的那头，有一根横着的木把儿，推的人握着木把朝前走，青石轱辘便转动起来。

砘地非常枯燥，一趟趟来来回回，偷不得懒。

那时还有偷拿衣服的。一九五二年，父亲在山上砘地，为了快点，推着砘轱辘来回跑，一会儿就满头的汗。当时的人冬天就棉裤棉袄，里面没别的衣服。父亲热了，把破棉袄脱下来光膀子放地头上了。上面的纽扣买不起，是自己用布缝制的那种疙瘩扣。不长时间，想解大手，到了前面的一条沟里。天天高粱糠饽饽、高粱面粥，还吃不饱，缺油水，便秘，蹲了半天。待回到地头，棉袄没了。天还冷，干活热了一时半会儿的可以，不穿棉袄终究是不行。父亲回家，我大娘把父亲和我爷爷睡觉盖的一床被子拆开，给父亲做了个袄。父亲和爷爷晚上睡觉没的盖，穿着棉袄棉裤睡。好在没熬多长时间，天就热了。

到夏天，我爷爷跟我大爷光着膀子在高粱地里除草，天热，还怕来来回回走动裤子被高粱叶子划坏，干脆脱下来。没有短裤，光着腚。放地头上又担心被别人拿走，便扎腰上。羞耻之心、文明程度与贫穷和富有是相联系的。如果有钱，不用多，可以做短裤就行，两个大男人，也不会一丝不挂光着干活。就说高粱能遮挡身体吧，也毕竟是在野外。

地 瓜 刀

寿存叔家西偏房对面有个敞开式棚子，放着杂七杂八的东西，挂着锄、镰，摆着铁锨、镢头。我走进去，墙上插着一个过去用捯镰子捯麦子时梳麦子用的梳子，木把儿、

寿存叔家的手切地瓜刀

旧物回声 记忆中的乡愁

铁齿，齿已经生锈。我摘下来照相。寿存婶子说，不知哪年插那里的，再没动过。

放好梳子，又发现一个打麻绳的线锤子，棚顶上秫秸笆那里塞着。以前，西路家庄捆绑东西要自己打麻绳。买点麻吊线锤子上，一拧线锤子，线锤子转动，把麻拧成小细绳。拧好一段朝线锤子上一缠，再拧。时间不长，一段长长的麻绳就拧好了。这是西路家庄仅存的一个线锤子了，后来的探寻中，再没发现。

寿存叔家的线锤子

转身，棚子横梁上竟搁着一把手切地瓜刀，我让寿存叔摘下来，照张相。寿存叔过去，跷起脚往下拿，"扑簌簌"落下一片灰，我和寿存婶子赶紧朝旁边躲。

以前西路家庄不但种高粱多，种地瓜也特别多，荆山下的洼地里除了地瓜，还是地瓜。

地瓜秧刚过了年就开始育了。盘个火炕，地瓜种从井子里拾出来，摆火炕上，撒上沙子，洒上水，火炉里生上火，过不几天，地瓜种就发芽了，从火炕上的沙子里拱出一片地瓜秧芽。待长到一拃来长，天正好也暖和了，一棵棵起出来，栽到地里。

栽地瓜秧之前，要把地耕透，打上地瓜垄，然后在垄上刨坑。坑不能深了，深了地瓜根易朝深处扎，产生飞根，地瓜长不大，浪费地力，刨地瓜还麻烦。

打地瓜垄，地边子上的一条受地块限制，常常不是比别的稍宽，就是比别的稍窄。有时甚至出现到不了地头的半条垄。

生产队时，这村那庄顶地头的地方，免不了为你种的靠这边了，我种的靠那边了什么的而发生争执，甚至相互动手。

有一天，西路家庄跟寇家庄挨着的地瓜地，西路家庄一沟刚栽上的地瓜秧被拔掉了。甭问，是寇家庄的嫌西路家庄的栽得靠寇家庄一边了。西路家庄的一看，寇家庄的地里有刚栽的烟苗，也对等地给拔去一沟。这边，地上躺着一溜拔出来的地瓜秧；那边，地上躺着一溜拔出来的烟苗。两边的队长动手了，一个把另一个打在了地上。

有一年夏天，大雨滂沱，玉米地里满是水。西路家庄这边地势高，水朝南边周家屯子的地里淌。周家屯子的组织人晚上在地头加堰，予以阻挡。西路家庄的人一看，立刻回去敲钟，召集人扒地堰。周家屯子的阻止，西路家庄的扒，双方你推我搡，挥动铁锨，"噼里啪啦"打起来。马灯打进水里，苇笠扯到泥中，玉米东倒西歪。双方破头的，嘴流血的，胳膊受伤的，都有。

荆山北边是召口。召口是个大庄，人多，地也多，有的地块都到了荆山西南角，与西路家庄的地顶地头。

一九七八年夏天，召口的锄地瓜，来到跟西路家庄顶地头的地块。西路家庄地里种的西瓜刚开始熟。太阳快落山时，召口的出来大半天了，离庄又远，口干舌燥。东边，酸枣树上的蝈蝈叫得像落雨点；南边，白杨树上的蝉声密密麻麻。几个年轻人锄到地头，眼睛不停朝脸前西瓜地里逡巡，相互使个眼色，放下锄头，进入瓜地，"噼噼啪啪"开始摘瓜，净拣个大的摘。西路家庄看瓜的是几个老人，在瓜地那头瓜棚旁，早就不停注视着这边的动静了。瓜棚是那种A字形，上面覆着麦秸。见那伙人旁若无人地公开摘瓜，立即呼喊："干什么？！"

这边根本不把呼喊当回事——几个老人，依然大摇大摆地挑瓜、摘瓜。看瓜的见这边人多势众，不敢过来，瓜棚上挂着鸟枪，两杆，摘下来，斜冲着这边上方扣动了扳机。这边的一看，还敢动家伙！不就两杆鸟枪吗？摘得更起劲了。看瓜老人觉得这样不行，赶紧派了一个人下山报信。

报信的老人弓着腰，走几步就喘得不行了，越是想快一点，脚步越是迈不开，感觉两腿别别着，急得脸煞白。其实这个老人也就五十来岁，可那个时候比不得现在，人老得早。生活不行，医疗条件也差。能活过七十岁的，村里没几个。到一九九九年，西路家庄六十岁以上的老人才三十几个，而现在，有九十多人，九十岁以上的都有好几个。时代不一样了，生活水平提高了，医疗条件也好了。

老人好不容易走下来，找到队长，队长赶紧带人朝山上跑，可召口的已经走了，扔了一些啃过的西瓜皮，还有散落的西瓜子。瓜地里的几个老人说，人走了，地那头的西瓜可是被糟蹋得够呛。而且他们说，晚上还要来搞一次大的。真的要来？人们问。可不咋的，他们临走时说的。大家就对队长说，那咱得早做安排，半年的汗水呢，眼瞅要卖钱了，不能白白给偷了。村里立刻进行了安排。

匆匆吃过晚饭，村里所有的青壮男子提着棍子、扛着鸟枪、拿着铁锨来到瓜地。队长对所有人员进行了分工、布置，谁谁谁一组，到东边，谁谁谁一组，到西边，谁谁谁和谁谁谁，到北边堵击，谁谁谁随时准备增援，又明确了联络暗号，接着分头潜伏，要求一律不准睡觉、不准说话、不准抽烟。并派了侦查人员，好及时掌握荆山北边召口方向的动态。然后，便静下来。

夜，漆黑。星星在天上一闪一闪。虫子在西瓜地和地瓜地里，"吱儿吱儿"地叫。间或有夜鸟"咕咕咕咕"，西边的沟里、北面的松树林里、东边的柿子树上叫几声。

人们在各自安排的地方潜伏着。时间不长就忍受不住了，趴土坡上、草地里、树丛中，太闷热。汗泪泪流出，虫子一样身上爬。关键还有蚊子，成群结队，上头扑面，不屈不挠，疯了一样。

先是这里"啪"一下，那里"啪"一下，拍蚊子。接着，这里那里站起来，提着棍子，背着鸟枪，在地上走动，艰难地熬时辰。那时又没有表，只能听山下西路家庄里公鸡"喔喔"叫约莫时间。

有人说，肯定不来了，都这会儿了，回去吧。有人立刻否定，万一来了呢？

"好像有人。"不知谁悄悄喊了一声。

"呼啦"一声，大伙一齐趴下，屏住呼吸，心咚咚跳，琢磨着，要来真格的了。

"嚓啦嚓啦"，山上小道传来脚步声，一声一声，越来越近，慢慢地，都能看到人影了，两个，直冲西瓜地。

有人轻轻嘱咐，枪只能用来吓唬，放时朝天，千万别对人，真要伤了人，就为几个瓜，可就麻烦大了，吃不了得兜着走。

来人快到跟前了。

"谁？！"有人大喊一声。

"我！"原来是前去侦查的两人，见召口那边一直没动静，也不知几点了，熬不住回来了，想看看这边的是不是已经都解散回家了。人们全都聚在了一起，分析着情况，说话声越来越大。"哧啦"划出火，烟也点上了。

天微微亮了，大伙白熬了一晚上，都回家了。拖着疲惫的身躯，接着出工。

看瓜老人问队长，再到晚上咋办？队长说，都在家等待吧，要不就熬垮了。你们在瓜棚上轮流睡，如果来偷，就连放两枪。我都安排好了，听到枪声，我们立刻赶来，按计划行动。不过，弦虽然一直紧紧地绷着，召口的却再也没来过。

实行联产承包责任制后，再也没有发生相互争执的事了。地都有主了，不是大锅饭生产队那时候了，谁也抹不开面子了。四村八庄的，谁不认识谁呀，小名都叫得出。

收获地瓜在秋后。此时，地瓜成熟了，长足了。地瓜垄上，拱得到处都是裂开的口子。用镢头把地瓜一棵棵刨出来，抹净上面的土，收走，除一小部分秋后吃掉，还有一小部分续到地瓜井子里留着冬天吃，并做地瓜种外，大部分都切成地瓜片，晒地瓜干。院墙外边朝阳的地方，村边子上，利用长着的树晒地瓜干。没树的地方刨坑竖起木棒，一层层的，扯上细铁丝或麻绳。地瓜切成片，划一道口，挂细铁丝或麻绳上晾晒。小的地瓜片挂着晒麻烦，就撒屋顶上，还有外面的空地里。挂着的一般三四天就干了，摘下来，入瓮。撒地上的差不多一个星期，得一片片拾起来。

地瓜切片用地瓜刀。一开始都是手切地瓜刀。地瓜洗净，拿一块放地瓜刀上，用左手掌摁着，右手朝怀里拉地瓜刀木把，推着地瓜送到刀子上，一片地瓜切出来，落到下面的篮子中。接着，左手往外推地瓜，右手同时往外推木把，到合适位置，再摁着切回来。如此反复，直到把一块地瓜切完。

用手切地瓜刀得掌握技巧，主要是左手摁的力度必须把握好，特别是一块地瓜的第一刀和最后一刀。第一刀摁重了，刀把拉起来费劲；摁轻了，刀把推着地瓜咕噜出来，切不着，手还危险。最后一刀地瓜薄，弄不好手也危险。有的就因为没摁好，或左右手配合不当，切手上了。上面的刀子还明晃晃的，特别锋利。我母亲左手小拇指就曾被切伤，鲜血淋漓。

后来有了手摇地瓜刀，切地瓜干就安全、也快多了。费孝通先生的《江村经济：中国农民的生活》是一本描述中国农民的消费、生产、分配和交易等体系的书，是根据对中国东部、太湖东岸开弦弓村的实地考察写成的，通过描写一个村落的生活，让读者如同在显微镜下看到了一个中国的缩影。书中写道："一个人如果扔掉某一件工具，又去获取一件新的，他这样做，一定是因为新的工具对他更加适用。"

手摇地瓜刀是两个铁圆盘，相对着固定在一个铁架上。外面的圆盘固定，左上方有个鼓凸的圆口。里面的圆盘能转动，边上有个摇把，圆盘上有两片刀。切地瓜干时，把地瓜放入鼓凸的圆口，摇动圆盘上的把，地瓜被切成片，从那个转动的圆盘落下，掉进下边的筐箩，或铺好的塑料布、炕席上。

西路家庄两个生产队，一个队买了一个手摇地瓜刀，供各家使用，一队的，上面用漆写着"一"，二队的写着"二"，便于区分。地瓜刀忙时，一家挨一家排队，这家切着，其他家都过来等着。为了让这家快点切完，好早轮到自己，等着的纷纷帮忙，或朝刀里续地瓜，或摇刀。待一

切完，排着的下一家立刻搬起来扛肩上，匆匆朝自己家走。挨后面的，又立刻相跟着。

晒地瓜干最怕下雨。虽然那时已是秋末，不会再有大雨，但淅淅沥沥的小雨会把地瓜干表层那些淀粉淋掉，也容易发霉。一旦发霉，地瓜干就完了，猪都不乐意吃。因此，每当下雨，各家都全家出动，穿蓑衣的、顶麻袋片的、戴苇笠的，赶紧去收地瓜干。刚挂上一天半天的，还是鲜的，没法收。那些大半干和基本干的，都得收回来。而下雨是不分白天黑夜的，有时后半夜滴答开了，大人把孩子叫起来，拿着筐篓、篮子、簸箕朝外跑，先收挂的，挂的品质好，也好收。接着收撒在地上的。没法点灯，灯上不带罩子，一下就被风吹灭了，只能摸黑行事。胡同里，村边子上，人影憧憧，脚步匆匆。狗也跟着来回窜。

有的为了下雨时放摘下来的地瓜干方便，省得家里家外跑，晒地瓜干前，会在外边晒地瓜干的地方搭个窝棚。偶尔也在里面睡觉。里面放床破被子，盛着篮子、刀子等晒地瓜干用的工具。

我们家每年都搭。

有一天晚上下雨，宗伟爷爷到我们家晒地瓜干的东边，去拾地上的，回来背着满满一麻袋，匆匆从我们家搭的窝棚经过。我们家的大黑狗一下咬住宗伟爷爷的麻袋，宗伟爷爷放下麻袋，黑狗松开，背起来，黑狗又咬住，宗伟爷爷打黑狗，黑狗躲开，背起麻袋要走，黑狗又跑过来咬住。雨点在不停地落，急得宗伟爷爷跳脚。我们在窝棚南边，急着摘，黑灯瞎火的，开始没注意，等听到这边有动静，父亲才过来，一看，赶紧把黑狗踢开了。

宗伟爷爷非常厚道。生产队时有菜园子，插葱、种黄瓜、点豆角、栽茄子等，宗伟爷爷在菜园子里干活，看菜园子。

　　还有宗新爷爷。宗新爷爷也很老实。他个不高，没文化，说话有点口吃。合作化时，当过较短时间的社长。有一次，他去参加上级组织的小麦返青抗旱工作会议，回来连夜对会议精神进行传达。村民都被召集起来，一个个的到办公室后，他说："书……书记，传……传达，社……社长，指……指示，小……小麦返青，日夜，轮……轮浇。散会。"前后不到两分钟。上级新派来一名省委干校学生，到西路家庄驻村，指导工作。来的当天，宗新爷爷召集村民开会，介绍这个新下派来的干部，以示欢迎。本意是想说这是个大干部，因为是从省委干校来的，他却说："社员，同……同志们，别……别吵吵了。"意思就是别说话了。"上级，给……给我们，派……派来个，大……大……大官僚。"新派来的干部一听，这还了得？慌慌着，赶紧更正，说："不是大官僚，不是。"他竟一下提高嗓门，激动地说："客……客气啥？就……就……就是，大……大官僚嘛！"宗新爷爷胃不好，胃病常常发作。那时我小，记得每次他疼得不行时，都是捂着肚子，回家捏点发面蒸窝头用的小苏打，西路家庄叫发粉，冲碗水喝。

　　那时西路家庄的都这样，有病，除非疼得实在挺不住，没有去医院的。村里有个卫生室，顶多到那里开几片止疼药。口头禅是："庄稼人嘛，又不是人家城里，天天五谷杂粮，哪有那么娇贵。"

　　我九岁时到村东边树园子爬杏树，左手手心被树上的一个杈划出条大口子。家里人就让我到村卫生室，擦擦碘酒、撒上消炎粉，用绷带包了包。差不多二十天后的一个早晨，要吃早饭了，父亲见我还一只手洗手，问该好了吧，让我解开看看。一看，不但没好，伤口反而张张着，湿漉漉的，没有血色，有点猪肉在水里泡过一段时间的样子。父亲这才放下喝了一口的粥碗，匆匆带我去了大路家庄公社卫生院。接诊的是个男医生，白白净净，戴一副眼镜，看到我的伤口，"哎呀"一声，当场就对父亲训斥道："咋才来，嗯？你这父亲就这么当的？孩子的手要完了知道吗？"父亲一听，一下蹲在地上，哭了。医生打上破伤风针说，缝缝试试吧。给我清洗伤口、上麻药、缝合。完毕后，包起来嘱咐父亲，七天后带我过来，如果愈合不了，就锯手。一个九岁的乡下孩子，如果把一只手锯掉，意味着什么，不言而喻。刚第五天，父亲就又领着我去了。还是那个医生，轻轻给解开，看了看说，长起来了，小孩的手保住了。拿镊子蘸上药，擦擦看了看，说今天拆线也行，就把线拆了。可手虽然好了，手心却留下一条蜈蚣样的疤，从掌根一直到中指第二个关节与第三个关节连接处，中指再也伸不直溜了，这样的姿态，将伴随我终生。

网眼铁皮暖壶

寿存叔和寿存婶子结婚时，桌子、椅子也都是借的。结婚后，寿存叔和寿存婶子又攒钱，先买了一张桌子，再买了两把椅子。两把椅子不是在一个集上买的，乍一看没什么区别，仔细瞅，雕的花，另外还有一些细微处，各不相同。

我给椅子拍照。旁边地上有把绿漆网眼铁皮暖壶，我蹲下，把暖壶轻轻拿出来，拍照。

寿存婶子说，暖壶是她侄媳妇送的。她侄媳妇在临淄废旧公司上班。一九七三年正月，侄媳妇生小孩，寿存婶子帮着看了一段时间孩子，到生大闺女海鑫才回来。生完后，抱着孩子又去了。海鑫会爬，侄媳妇的孩子也能走了，两个孩子这个爬，那个走的，她看不了了，才回来。看孩子时，侄媳妇单位发了把暖壶，就这把。那时，西路家庄里家家还都用竹壳的，这种的非常时髦。寿存婶子爱不释手。侄媳妇见寿存婶子喜欢，正好家里还有把用着，就把这把送给了寿存婶子。

　　寿存叔说，刚拿回来时，这壶绿油油的，感觉真好，放桌子上显眼的地方，老长时间都没舍得用。直到原先的不小心打了，壳也坏了，才用上。一晃四十多年了，上面的提手已经坏了，里面的胆，寿存叔说也已换了好几个。

寿存叔家的网眼铁皮暖壶

　　这种暖壶进入西路家庄后，先是和那种竹壳的并用，慢慢地，竹壳的被淘汰了。

　　暖壶是装开水的。以前，西路家庄就喝白开水，来了客人也一样。摆上吃饭的粗瓷大碗，提过暖壶"咕嘟咕嘟"倒上，几个客人几碗，端过去。只有过年才到代销点上买斤白糖，草纸包着，拿回来放罐头瓶里。来客人了，调羹伸进去，挖上一勺，看多了，再抖下些，放到碗里，冲给客人。不小心撒到桌子上的也不抹掉，要用手指头肚蘸起来，放嘴里舔一舔。家里没有泡茶的瓷茶壶，也没有瓷茶碗。冬天生炉子，炉子上烧的开水灌进暖壶中。春、夏、秋三季，就是做饭时，大铁锅里水开后，掀开盖垫，水瓢从馏窝头的箅梁子缝里舀出水来，灌一暖壶。只有生活稍好一点且比较讲究一些的家庭，才有把红泥小茶壶、几个红泥小茶碗，买几两①八九分一角钱一两的茶叶末，泡水喝。

粗瓷大碗

记得西路家庄用这种泥壶泥碗喝茶水的，宗茂爷爷是一个，功存大爷是一个。宗茂爷爷有痨病，说话喘，生产队时，老早就基本不参加生产劳动了，偶尔参加也是轻松一些的，经常是搬把凳子坐大街上。他嘴巧，一九五八年当过几年社长，有一定威信。村里有儿子不孝顺的，或婆媳闹矛盾的，爱叫他去调解调解。他小儿子福存叔，小时干瘦干瘦的，脸蜡黄，喜欢吃烟灰，谁抽烟，他就站旁边，有烟灰了，弹他手里，立刻捂到嘴上吃掉。有时也吃炭块，发现哪块炭块好，悄悄捡起来，到一边，冰糖一样咀嚼。到医院检查，说是一种病。后来治好了。功存大爷不但喝茶，烟瘾也特别大。那时，西路家庄的抽烟，都是抽自己卷的"大喇叭"。搓碎的烟、撕好的纸条，兜里装着。炕头、地头、村口、开会、拉呱、等待队长派活时，想抽了，纸条掏出来捋一捋，碎烟从兜里捏出来，均匀地撒在纸条上，再用一根中指摊一摊，一只手轻轻握着，另一只手捏住一头拧着转动，一下下，一根喇叭状的烟就卷好了。除非家里来客人，或修理房子、砌院墙，垒

① 1两为0.05千克。

锅灶、盘炕等，有个什么事情，一般不买盒烟。他们见过的最好的烟，就是村代销点里卖的大前门，由于淡蓝色的烟盒两边，每边一撇类似于胡须的东西，所以，他们把大前门叫"两撇胡"。

抽的烟叶大多是从村烤烟炉上拿的。村里每年都种很多黄烟，烤烟，是村里很重要的一项经济收入。一到夏天，人们相当一部分精力要投入烟田管理和打烟叶、拴烟、烤烟、解烟、捋烟、卖烟的复杂过程中。一炉烟烤好，需卸炉，把烟从烤烟房里的梁上一竿子一竿子摘下来，摆外面地上。一般在黄昏。待吃过晚饭，烟受潮后，再连夜把烟解下来，放窖子里，过后进行整理。喜欢抽烟的，边卸炉，边把一些搓碎装兜里。不卸炉而又喜欢抽的，也来，挑一些好的拽出来，搓吧着，走了。

功存大爷不抽大喇叭，抽烟袋。玉石烟嘴，黄铜烟锅，木杆烟袋杆。上面拴个油渍麻花的黑色荷包。人走到哪，烟袋到哪。要么搭肩膀上，要么插后面脖子里。走路一甩悠、一甩悠。抽时取下来，烟锅伸进荷包，挖悠挖悠，拿出来，摁摁烟锅里的烟，防止烟叶不实，透风大，不着火。划火"吧嗒吧嗒"点上，两边腮帮子凹凹进去，"嘶"地抽一口，"呼"地吐出来，鼻子里也跟着朝外窜烟。抽完了，还朝鞋后跟上磕磕。

功存大爷说话嗓门大，哈哈的，老远都能听到。喊路喊得非常好，谁家老人去世了，基本都找他，他也不推辞。灵

烟袋锅

棚前一站，平时弓着的腰，似乎一下直溜起来，朝棺材左右看看已经弯腰把杠子架肩膀上，脸憋红着，等待他指令的年轻人，两手朝前伸出，往上一提，眼同时一鼓，蓦地喊："升——啊——！"那声儿高亢、悲壮、苍凉，让人的心忽悠一下子揪紧起来，不禁满腹悲伤，眼泪溢满眼眶。棺材"咔——"架了起来。鸦雀无声。他转过身来，朝着前方，头微微上扬着，"上——西——方——大——路——啊——！""啪"地一声，有人用菜刀把一个饭碗砍碎——"起灵了"。棺材开始稳稳向前移动。顿时，哭声一片，提哭丧棒的，举纸幡的，抬花圈的，挎篮子的，拿铁锨的，扛凳子的……浩浩荡荡。

过门了，功存大爷喊："驾——鹤的、升——啊——！"

棺材微微朝上一提，棺材左右搭帮手的，迅速散开，左边的跑到外面接应，右边的跑到后面帮忙，以免拥堵，挤在门框上。

早先，棺材过门非常讲究，棺材盖顶与门框上方，必须不高不低，一次相擦而过，棺材顶上撒有棉花籽、豆粒、高粱粒等"五色粮"，被磨得"咔嚓咔嚓"响。围观的人纷纷叫好。账房立刻过来，代替主家行赏。有的大地主刻意在顶上放几块银圆，看能否让银圆擦着还不掉下来，充分展示抬棺人的技术和水平。后来，没这些讲究了。

大街上，路不好走了，功存大爷喊："高——低——路——啊——！"

抬棺的步幅小了，一挪、一挪，十分小心。

前面，要拐弯了，功存大爷喊："两——借——路——啊——！"

棺材缓缓地，往起拐，缓缓地，然后，过来了。

抬棺的累了，有的棺材是松木的，还"五六七"结构，就是五寸①厚的底，六寸厚的帮，七寸厚的盖，太沉，需要歇息歇息。功存大爷喊："搭——背——手——了——！"

棺材停下。早提着长条木凳跟随的两人，"嗖嗖"过来，"啪啪"探腰在棺材下面支上两条结实的木凳。

功存大爷喊："稳——！"

棺材缓缓落下。帮忙的头前麻溜支起供桌，摆上供品。亲戚朋友上香、奠酒、作揖、叩首、祭拜。

哭的声浪又涌起来，嘴张着，头扬着，声音粗的、细的、长的、短的，都有，鼻涕朝地上甩，往鞋后跟上抹。

满大街都是人，站石头上的，踩柴火垛上的，骑大人肩膀上的，爬树上的。

要是喊路的也有状元、榜眼、探花，分个一二三的话，那四村八庄的，功存大爷排不上冠军，也得是亚军。

到西路家庄家家有泡茶的瓷茶壶，喝茶，差不多是在改革开放后。而且伴随着生活条件的不断提高，茶具越来越高档，茶也越来越好。

功存大爷已在一九九五年去世了。他女儿莺芳姐找的倒插门女婿。后来，我到莺芳姐家去探寻，莺芳姐夫给我泡茶，拿出一个盒子，非常精致，打开竟是白茶。姐夫说是他表弟送的，一千多块钱一斤。我说你平时就喝这个？他说你来了才泡。搬出个盒子，打开让我看，说平时都喝这个。一个朋友开茶店，批发的，二十多块钱一两，一次买二三斤。莺芳姐会喝茶，打小跟着功存大爷学的。姐夫也会。他们不但有陶瓷的茶壶，还专门有泥壶。也有专门的小型茶吧机，就在茶几上，连着电源。烧水、泡茶、洗碗、滤茶、倒茶，非常方便。姐夫把开水朝壶里一冲，顿

---

① 1寸约为3.33厘米。

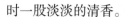

时一股淡淡的清香。

西路家庄在网眼铁皮暖壶之后，是铝皮暖壶。年轻人结婚买上一把，搁桌子上。一般的，舍不得买。到一九七九年，西路家庄有结婚的，买把铝皮暖壶送过去，红彤彤的皮上一对登枝喜鹊，还是一件不错的礼物。算着日子到了，到商店买来，交给账房，记喜账上，然后给安排坐席。赴宴的都是家里的男人。往往互相谦让着，都不愿坐脸朝门的那两个主座，左边的一，右边的二。你拉我，我拉你，撕巴半天。大灶早在几天前就盘下了，在影壁墙后头，或院子里一个僻静地方，是分前后灶的那种"凹"字形大灶，前灶炒、炸，后灶焖、炖。玉米秸搭的棚。"当当"剁肉，"嚓嚓"刮鱼，"刺啦"呛葱花。不大会儿，帮忙的端着盘子过来。先是筷子、调羹、酒、酒壶、酒盅，摆好，走了。筷子是红的。酒是白的，瓶装。那时喝酒，除了逢年过节，再就是结婚买瓶装的，其余都是打散酒。有的，结婚也打散的。用牙啃开瓶盖，倒锡酒壶里，拿个小瓷盅倒上半杯，划火柴点燃，捏着酒壶的脖子，在蓝色的火苗上燎。一会儿，壶中发出"吱儿吱儿"的响声。待感觉热了，一盅盅倒上。倒酒说"长上"或"满上"，不说"倒上"。这时，菜也上来了，开喝了。先是上座领着喝，然后晚辈敬长辈，接下来是划拳。都红红着脸，脖子上青筋跳跳着，五根手指头神出鬼没，声音老高，吵架一样，还抑扬顿挫的。晚辈跟长辈划拳，晚辈站起来，

锡酒壶

先跟长辈握手，开划时，喊"爷俩好啊"，长辈说"不套了"，然后正式划。同辈的，开划时，年龄小的喊"哥俩好啊"。轮到喝酒，喝完不说"完了"，说"过了"。

那时，结婚要烙火烧。大小如一枚银圆，有的还不如银圆，跟五分的钢镚差不多。也舍不得全用白面，都是地瓜面掺点白面。还有专门的火烧模子。先把面做成一个个小面剂子，然后拿一个摁进模子，再在面板上磕出来。朝里的一面便印上小鱼、桃花、圆圈、狮子等漂亮花纹。烙出来后，上面点上红胭脂，既好看，又能吃，还喜庆。

新郎和新娘子拜完天地，入洞房时，主家要朝看热闹的人群中撒火烧。葫芦做的瓢子端着，抓出来，一撒。大概三两把。于是人群便一阵热闹地骚动——早就等着了！都弯下腰，在地上抢。家庭好些的，往往还撒糖块，能捡上一块，更幸运了。

那时，西路家庄的结婚都在冬天，还都天不亮。可每回拜天地，院子里基本都挤满了人。一年中，除了放两回电影、演场节目、打次篮球，别的热闹，就是有人家结婚，不能错过。关键是还能抢到火烧。运气好，还有糖呢。

云明哥结婚时，为了能抢到火烧，我、云海、云秋，三人在一队牛棚草料室里睡了一晚上。牛棚里喂着十几头牛，还有马、骡子、驴，就在云明哥家前面，紧挨着。饲养员是俊存大爷。俊存大爷已在一九七七年去世，活了六十二岁。早先，他曾参加过八路军武工队。关于他的故事传说，可有很多。

有一次，刚刚收完麦子，他化装到田旺附近侦察，被日本鬼子发现了，追他。他跑着跑着，从一条土路上拐过来，看到一个人正从地里耩完豆子，扛着一张单腿木耧往前边村里走，赶紧边跑边把外边的褂子脱下，朝一个树丛

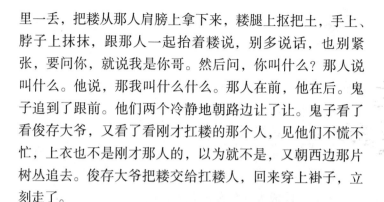

里一丢，把耧从那人肩膀上拿下来，耧腿上抠把土，手上、脖子上抹抹，跟那人一起抬着耧说，别多说话，也别紧张，要问你，就说我是你哥。然后问，你叫什么？那人说叫什么。他说，那我叫什么什么。那人在前，他在后。鬼子追到了跟前。他们两个冷静地朝路边让了让。鬼子看了看俊存大爷，又看了看刚才扛耧的那个人，见他们不慌不忙，上衣也不是刚才那人的，以为就不是，又朝西边那片树丛追去。俊存大爷把耧交给扛耧人，回来穿上褂子，立刻走了。

那时，桐林那里有日本鬼子的据点。据点里的鬼子动不动就出来扫荡一下，端着三八大盖子枪，穿着牛皮鞋，"咔嚓咔嚓"，与辛店、张店等处的鬼子遥相呼应。据点里有个汉奸，为虎作伥，横行乡里。武工队研究，决定除掉他。这天是桐林大集，武工队提前得知，这个汉奸几乎逢集必赶。俊存大爷他们几个武工队员提前对地形进行了侦查，化装后，把两篓子西瓜摆到大集上一个比较显眼、还便于动手的地方。西瓜非常好，个个都是他们到瓜地里精心挑选来的。怕不好，引不来那个汉奸，耽误了事。可因为西瓜太好，很多赶集的都过来问，俊存大爷他们故意把西瓜价格要得非常高——担心没等那个汉奸来，西瓜卖完了。赶集的人一问，觉得太贵，只好走了。个别的过来买一个。大约半上午时，前边一个放哨的侦察员摘下头上的苇笠，扇了扇风，这边知道，那个汉奸来了。这是他们提前规定的暗号。周围几个武工队员互相使个眼色，做好了准备。"卖西瓜嘞——！又大又甜的西瓜嘞——！"瓜后面的一个武工队员用肩上的汗巾擦擦脸，大声喊。汉奸东看西看，听到吆喝，看到俊存大爷他们的西瓜，走过来，蹲瓜摊前，也不问价格，瞅着几个个大的，上手就往怀前扒

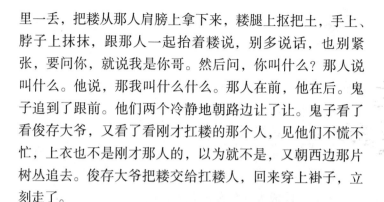

拉。俊存大爷朝左右看看，一切正常，装作买瓜，问着价钱，紧靠那个汉奸蹲在他右边，抬起左手敲瓜，右手从裤子里把早已顶好了火的手枪，对着汉奸右腋下抠了扳机。"啪——"，汉奸被当场打死。赶集的人听到枪响，立刻乱了，俊存大爷他们迅速撤了。

所以，在西路家庄，俊存大爷是个传奇式的人物。老人说，俊存大爷是后来家里说什么也不让他出去了，坚决拦着他，让他在家过日子，他才脱离队伍了。要不，他会很了不起，能成为一个大人物。

为了给牲口准备下冬天吃的草料，每到秋后，生产队都要用切草机将好多玉米秸切碎，在草料室里储存起来。切草机由柴油机带动，扬着脖子，形状像只鸭子。扬起的脖子可以转动，草料往哪里打，就朝着哪个方向，能吐出老远。为了不致淋湿变坏，也为了取起来方便，都是腾出宽敞的草料室，将草料从窗户打进去。里面的草料，多到能埋了房梁。一队草料室的门锁着，但窗户坏了，可以爬进爬出，以前我们进去照过麻雀。我们三个进去后，一人扒一个草料坑，躺里面了。一点都不冷，兴奋地说着话，商量着到时你在哪个位置，我在哪个位置，好抢得多。说着说着，很快没动静了——都睡着了。听到锣鼓响，朦胧中，以为是敲着玩儿，我们没起来，其实是娶亲的出发了。等再听到锣鼓响，以为是出发了，实际上是娶亲的已经回来了。当我们都睁开眼时，天已经微微亮了，难道是我们耽误了？赶紧爬起来跑去，新娘子早就过门了，洞房里已挤满人，围着新娘子叫点烟、叫敬酒，拉着新娘子的手要火烧了。

云明哥家就他和弟弟云亮哥兄弟两人，父母老早没了。云明哥活着时，会理发，很早就买了那种老式推子，空里给村里人理发。夏天，就在他们家树园子里——他们家有个大树园子。后来，云亮哥也学会了，兄弟两个给村里人理。都是帮忙。那时也不时兴要钱。就是做盖房子、打土坯这样的活，也仅仅管顿饭。

有一回，云亮哥把推子拿出来给人理发，一队牛棚南边有个篮球场，就在篮球场的西侧理。理完发，篮球场上有打篮球的，云亮哥看打球，把推子放地上，忘了。也不知谁不注意，一脚把推子的一个把踩断，顺手丢到云平哥家南面的一个树园子里。等云亮哥想起推子，就找不到了。不几天，有人找云明哥理发，云明哥问云亮哥推子，云亮哥不敢说，怕挨训，就说不知道。云明哥找来找去，没找到，只好买来把新的。一年后，云平嫂子到树园子里搂树叶，把推子搂了出来，很多地方已经生锈，断了的把还通过弹簧与推子连接着。知道是云明哥家的——附近别人没有，正好碰到云亮哥，便还了回来，不过，不能用了。

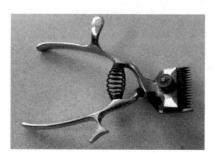

云亮哥家的老式理发推子

云明哥去世时，四十二岁。肝病。他有好几个闺女。曾有个儿子，叫燕昆，一九七九年，四岁时淹死了。

西路家庄东边有一个氨水池，装氨水。氨水池是水泥做的，挺大、挺深，但口很小，能容一只水桶进出。浇地时提出来，让氨水沥沥拉拉顺水流进地里。不能多了，多了会把庄稼烧死。也不能少，少了起不了多大作用。

那时，氨水是分配指标，用指标进行购买的。没有指标就买不到。而指标，往往是在你不需要时才能分配到。且就算有了指标，到氨水厂拉，也不一定能拉上。因此，必须有氨水池。就如同现在国家的石油储备，平时准备下，以备急需之用。

氨水池口上有个水泥盖，很重，上面有两个可供提动的铁把手，一个成人用力，刚刚能提动。这个盖平时是盖着的，为了安全，也防止刺鼻的气味窜出来。氨水味儿不好闻，呛鼻子。

但这回提开后，没有盖上，只用砖头压了块塑料布。云明哥的儿子燕昆，就从这块塑料布上掉了进去。什么时间掉进去的，怎么掉进去的，没人知道。家里找不到他，到处找，后来，才从氨水池里捞了上来。浑身的肉已被氨水烧坏。云明哥两口子痛不欲生！氨水那么呛人，老远就叫人流泪，到了那块儿都得捂上鼻子绕道走，甚至憋住气跑过去。可一个小孩子，就在那里，掉了下去。

氨水池现在早已没了。我去找，想拍张照片，转来转去，已看不出任何痕迹。

四十年了，叫燕昆的那个四岁孩子，已成为西路家庄老人口中述说的往事了。

旧物回声·

记忆中的乡愁

第三章　角落里的收获

碌碡·地排车·油灯·辘轳

碌　碡

　　我到宗仁爷爷家找织布机上的枰子，去了好几回，他家都锁着门。在街上碰见了云海，他跟我同岁，住宗仁爷爷家前面，开了家经贸公司。我问他西路家庄哪里还有碌碡，怎么找了好多地方都没找到？他说："你找？我还找呢！一个能卖二十块钱。"

　　这要在以前，西路家庄麦场上东一个西一个的，很多。

　　麦场在村南。从村中心那棵吊着生产队铁钟的槐树下，沿着南北大街往南，路过宗吉爷爷家、宗仁爷爷家、章亮老爷爷家、我们家、宗令爷爷家、镜存大爷家，还有一个坑塘，就到了。坑塘南边有三棵大梨树，东西排列着。树干一个成人抱不过来。记得每当春天，一片雪白的梨花，蜜蜂成群结队，"嘤嘤嗡嗡"，非常美。到七八月份，一枚枚小孩拳头大小的梨挂在绿叶之中，十分诱人。我们一帮小孩，常常拿一块砖头，从旁边那个杨树丛里悄悄钻出，砖头背身后，看看没人，冲树上打去，"噼里啪啦"掉下几个来，赶紧捡，又在吆喝声中跑走了。

　　除了冬天，麦场闲置着，垛着一个个麦穰垛，丢着一个个碌碡外，春、夏、秋三季，麦场上一直在忙。

　　刚出冬，从各家起出的猪圈粪，独轮车推到麦场上，摊开来，晒粪。春天干燥，又有暖风，粪三两天就晒得差不多了，拿碌碡压碎，铁耙子把里边的碎草、小砖头、铁丝等扒拉到场边上。晒好的粪堆起来，准备栽地瓜、栽烟，耩高粱、耩谷子。粪多，一场场的，要晒好多场。都是女人们干。那时种地基本没化肥，就土粪。扒到场边上的一圈乱东西里，有时会有铜钱。每当晒粪的时候，我们一些小孩就去找。拿到村代销点上，一枚能卖一分钱，可以换一块糖。

有铜钱的粪，大多是从志存叔家猪圈起出来的。早先，志存叔家家境不错，主要是他家闵祥老爷爷细，会过，挣点钱舍不得花。闵祥老奶奶有一个单裤，穿了六十年，重达七斤，搁地上能站立，上面一层层的，全是大小不等、颜色各异的补丁。志存叔的父亲是宗周爷爷。有一回，闵祥老爷爷嫌宗周爷爷不会过日子，花钱大手大脚。宗周爷爷不高兴了，说闵祥老爷爷，你整天絮絮叨叨的，絮叨个啥？闵祥老爷爷生气了，说，那以后我不絮叨了，咱就都敞开花吧，不过了！揣上钱，气哼哼去了大路家庄集，决定潇洒一把，可转来转去，感觉什么都贵，啥都舍不得买。眼瞅着一上午过去了，要散集了，咬咬牙，买上几块熟地瓜，拿了回来。闵祥老爷爷怕攒下的钱被花了，叫闵祥老奶奶在家里到处埋，包括猪圈里。有的埋里边后，忘了，没起出来，后来被猪三拱两拱，拱到粪里了。

不光能捡到铜钱，有时还能捡到五分钢镚、铜圆等。也不知怎么弄到里面的。

粪差不多晒完了，地瓜、烟也栽得扫尾了。几阵西南风吹来，忽东忽西的，响起布谷鸟叫声了，麦子黄梢了，该拾掇麦场，准备打麦子了。

先把场上的东西清理干净，然后用锄把麦场整个锄一遍，再用碌碡压，有牲口拉的，也有人拉的。因为牲口大多在地里干活，不够用。人拉，得两个人，一人太沉，拉不了几圈。着边靠沿，到把锄起来的土压得像面一样细，才不压了。黄昏，地里收工时，队长通知让都回家拿上水

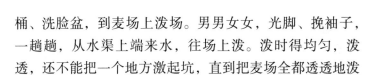

桶、洗脸盆，到麦场上泼场。男男女女，光脚、挽袖子，一趟趟，从水渠上端来水，往场上泼。泼时得均匀，泼透，还不能把一个地方激起坑，直到把麦场全都透透地泼遍为止。

晾一晚上，水渗得差不多了。第二天早上，从麦穰垛上抱来麦穰，均匀地撒上。吃过早饭，又拉碌碡，在麦穰上压开了。拉压麦穰的碌碡，牲口的蹄子硬，易将场上踩出坑，只能人拉。到压得很多麦穰都进了场里，硬硬的，不起土、不开裂了，才算好了。

这时，地里的麦子开镰了。一人一把镰，腰里扎捆草绳子，弯腰在地里割。这是个苦活，不多会儿便腰酸背疼。咬牙割，一人一天也割不了多少。这时，麦子熟得还特别快，必须抓紧。若熟过了，麦芒轧煞起来，一动，麦粒极容易掉地里。而这个时节，天气还像小孩子的脸，鸡一阵，狗一阵，说变就变。人们便都着急上火的——一季的粮食呢！只能拖着疲惫的身体，咬牙挥镰。

那时，云明哥、槐存叔都是割麦子的好手。地头上，"嚓"一下开镰后，一镰一镰，不待直腰的，每镰都割半米多长，一会儿就把其他人甩身后了。他俩不但割得快，质量也好，地里基本不掉麦子，一瞅麦茬，齐刷刷的，一般高。不像有些不会割的，七高八低。现在，槐存叔已经去世了。二〇一五年走的，六十六岁。胃癌。

这种人工割麦子，一直到生产队解散后的二十世纪八十年代初，才被那种前推式的滚筒收割机代替。先是外边的来西路家庄割，后来，西路家庄的路云功也改造了一台。他有一台十二马力①的拖拉机，一九八五年从青岛拖

---

① 1 马力约为 0.735 千瓦。

拉机厂买的，跑淄河给临淄建筑公司拉沙子，一拖拉机七元钱。见割麦子也赚钱，便对拖拉机进行改造，过麦时，停止运输，在村里割麦子。这种收割机只是简单把麦子割倒，顺着放到一边，排成溜，再由人捆起来运到麦场上，切下麦穗，打场。尽管只是将麦子割倒，也已省去大量用镰收割的人力。以前一个人割一上午才能割完的一沟，拖拉机开进去，滚筒一转，几分钟就弄完了。西路家庄的再不用弯腰挥镰了。地里的麦子，一两天全到麦场上了。

用镰刀割下的麦子，扁担挑、独轮车推、马车拉，运到麦场上。那些结过婚的女的，围着麦捆子垛，一人一把捌镰子①，坐蒲团上，拉过一个麦子捆，解开抓一把，麦穗朝下跺齐，一手攥着靠近麦穗的麦秸颈部，一手用梳麦子的铁齿梳子，由上往下倒着梳，将麦秸上的叶子、青青菜、大芙子苗等梳干净。两手攥着麦秸，捌镰子刀上一切，把麦穗从麦秸颈部那切下，扔麦穗堆上，麦秸放身边，够一捆时，捆起来，留着盖房子顶，或运到造纸厂卖钱。

梳麦子用的梳子

捌镰子

---

① 用镰刀做的割麦穗的物件，西路家庄叫捌镰子。

压切下来的麦穗，要用碌碡打场。麦穗摊开、晒干后，拉着碌碡，在上面一圈圈走。麦穗摊薄了不行，易把麦粒压碎，必须有一定厚度。因此，在那上面拉碌碡，跟在海绵上拉差不多，比较吃力。而中午太阳毒，麦穗晒得干燥，最适合打场。因此，拉碌碡大多在中午，天越热，越要拉。到把麦穗上的麦粒都压下来，压成

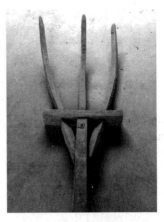

排叉

麦糠的那些麦穗用排叉①挑到场边上，麦粒堆到别处，扬场。再摊上另一片。扬场是个技术活，需要两人配合，一人端着小簸箕扬，一人用木锨朝小簸箕里填。麦粒扬出后，像一条彩虹，从天空"簌簌"落下，金雨一样。麦穗梗落一个地方，麦糠落一个地方，碎小的坷垃、石块落一个地方。麦粒，则形成一条"麦檩子"。这个"麦檩子"，有的扬出来是一条直线，有的扬出来弯弯着，像月牙，手法各不相同。

麦子打完了，麦粒上交公粮，留出种子入库，剩下的分给各家各户。麦场上的麦穰收拾起来，在四周围场边上，垛成一个个蘑菇样的垛。又该晒粪，准备耩麦子了。而且，秋收也很快来了，要在麦场上用碌碡打豆子、谷了。

到冬天，大部分碌碡都闲下来了，个别的还继续忙。

这时，农活少了，有空了，有的家庭要盖房子了。地基挖出来，需要打夯，把地基夯实。到麦场上，挑选一个稍微小一点的碌碡，滚到地基上，让碌碡竖起来，拿铁丝

---

① 挑麦穰的物件，西路家庄叫法。

绑上根镢柄当夯把，夯下面拴一圈两米来长的麻绳，某个黄昏，一人握夯把，六七个人拽麻绳，一夯夯的，在地基上开打了。打夯有号子，音调是固定的，一人领，别的人应。领的人根据现场情况随时应变，应的人只喊"哎哟"。目的在于提振气力，同时也把劲使齐。

领的喊："夯——来！"

应的人喊："哎哟！"

"又一夯！"

"哎哟！"

"夯夯打在。"

"哎哟！"

"堌堆上嘛！"

"哎哟！"

"噗噔噗噔"的夯声传来，老远都能感到一抖一抖的震动。"哎哟哎哟"的喊声传出很远，到后面的荆山上折射回来，形成高一声低一声、有节奏的重复，好像有一个调皮的孩子，觉得号子好玩，站在山上跟着学一样。

一九七九年秋后，西路家庄给云亮哥划了块宅基。地基清理出来后，没有打夯。云亮哥姐姐的婆家寇家庄，有台五十马力的拖拉机，是他姐姐领着拖拉机来，给压的。拖拉机压地基，结实又省力，此后，很多人开始找拖拉机压地基。

碌碡不但夯地基，也夯河沿、水渠的渠基。

以前，每到冬天，西路家庄都要搞农田水利建设，砌水渠。村东那条水渠、麦场南边那条，都是那时砌的。先选好水渠方位、走向、宽度，然后砸橛子、扯线，用碌碡夯渠基。接着，到外面拉青石、沙子、石灰，开砌。一条水渠往往要砌好几冬。

碌碡也是看电影的凳子。

来电影了，在麦场上放。有的人舍不得往外搬凳子，怕丢，还怕人多挤坏，有的也图省劲，正好麦场上有碌碡，临时滚过来，坐上面，不怕磕，也不怕碰。如果前面人高，挡着了，碌碡一竖，站上面，视线一点不受影响。

碌碡也是年轻人和小孩的娱乐工具。收工后，或者吃过晚饭，有些小青年围拢在麦场一个碌碡前，看谁能徒手将碌碡扛肩上。于是，这个过去扛一扛，那个过去扛一扛。有的扛上了，有的则怎么也不行，憋得满脸通红，周围不时爆发出啧啧的赞叹声和笑声。

以前，小孩没什么玩具，女孩就是踢毽子，或弄几块小布，缝成魔方形的口袋，里面装上玉米粒或沙子等，在地上两脚夹着玩，也扔来扔去，叫"打沙包"。男孩就滚铁环，或打柺。柺，是一个两头削尖的一拃来长的细木棍，然后用一根一尺来长，比柺要粗好几倍的木棍打。这个木棍叫"柺把棍"。由于柺是尖的，用柺把棍一打会蹦，就看谁打得远。

晚上，踢毽子、打沙包、滚铁环、打柺，光线不行，女孩就坐灯下，拽一根线，两头系好，先一人两手撑起来，另一个用手勾着，变换花样地接过去。这个人，也或别的人，再变换花样地接走，谁变不出花样，谁输。男孩就找个手电筒，村边土坑里捡几节别人扔掉的旧电池，底下钻眼，塞进盐粒，破屋子、牛棚里照麻雀玩。不打场的时候，麦场上，一人站一碌碡上，倒着蹬。碌碡一头大，一头小，能自动转圈。因此，麦场上你转过来，我转过去，眼花缭乱。玩累了，到麦穰垛上掏个洞，捉迷藏。有的麦穰垛，尤其是隐蔽一些的，便被掏上好些洞。

春天或冬天时，麦穰垛里晚上捉迷藏，有时会碰见要饭的。那时有要饭的，差不多一直到一九七八年，才见不到了。要饭的大多是女的，穿得非常旧，补丁摞补丁，肩上背一褡裢，手里拿根棍子，进大门喊："有干粮吗大娘？给块干粮吃吧！"如果里面没动静，也不走，半天再喊一声，还是那句话，直到里面的憋不住，开房门出来。给一块窝头就行。没有窝头，一块地瓜、一根萝卜、半块玉米，都可以。递到手里后，朝褡裢里一放，走了，到下一家。这些要饭的，不知打哪儿来的，问她，只说北乡的，也有说山里的。最早的时候，冬天和春天里，要饭的一个接一个，有的还领着小孩。早晨一开门，满地的雪，院里的雪还没扫好，踩着就进来了，站在那。家里有的喂着狗，咬她，就用手里的棍子顶着，让狗咬不到为止，不敢打，因为知道自己是要饭的。

要饭的不但要干粮，口渴了也要水，都是在给了干粮，放进褡裢，在你尚未转身进房门前，顺手从褡裢里掏出一个碗，或者搪瓷缸子，"大娘，再给点水喝吧！"主家已经给了干粮，不差一碗水了，便接过碗，到房里倒上开水，端出来。有的干脆提溜出炉子上"呱啦啦啦"滚着的壶，给朝碗里倒。接了水，她们端着，边往外走，边吸溜着喝。若逢早晨吃饭，知道有粥，也有要粥喝的。要的干粮泡粥里面，就着吃了。有些要饭的，要着要着，天晚了，就到麦场上的麦穰垛里睡上一宿。里面一点风都不透，即使是严冬，也非常暖和。

一日傍晚，一个要饭的竟在我们家院大门门洞柴火里坐着。母亲问了问，让她到我们家西屋里去了。里面没有炉子，但总比在大门洞里强。母亲把我们盖的被子匀出一床，抱过去。晚上躺下后，我和弟弟妹妹说着那个要饭的事情，她是哪庄的？家里都有什么人？在外边过夜家里放心吗？早晨，母亲起来，看西屋的门关得好好的，以为还在睡，怕惊动了她，轻手轻脚去开院门，院门虚掩着，估

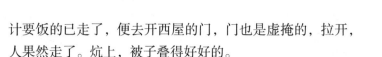

计要饭的已走了，便去开西屋的门，门也是虚掩的，拉开，人果然走了。炕上，被子叠得好好的。

我来到原先的麦场。麦场已经种成庄稼地。原先麦场上放木锨、犁、耙、牛套、抽水机管子的敞棚，也没有任何踪迹了。

找了很多地方，就是没有见到碌碡的影子。

父亲知道我在找，有一天说，左存叔屋后面的杂草堆、碎石头里有一个。他路过那里，鞋带开了，蹲下系时，无意中发现的。左存叔住西路家庄最西边，我一听，立刻到左存叔家屋后去了。碎石头南北一溜，被茂盛的荒草覆盖，上面还爬着南瓜秧，开着粉红的花，结着嫩嫩的南瓜。东看西看，终于在碎石头里找见，扒开乱草，给碌碡拍了照。

左存叔家屋后面杂草中的碌碡

这可能是西路家庄最后一个碌碡了。指不定哪天被别人看到，又会拉走给卖了。自从有了脱粒机，特别是大型联合收割机后，再用不着了。

就在我拍照的时候，抬头，东边路绵东的那台大型联合收割机就停在那，虽然盖着塑料布，怕刮掉还捆了绳子，但其高大的身形依然可见。那份傲视碌碡的姿态，在秋日的艳阳下，越发不可阻挡。

地 排 车

街上，我给独轮车拍照时，有些人围过来看，我问谁家还有马车，都说早不用了，没听说谁家还有那物件了。云森媳妇说，俺家还有辆地排车，就是没车轱辘，光剩车盘了。我说车盘也行，能不能照张相，云森媳妇说，行。拍完独轮车，我跟着云森媳妇去拍。华存婶子出于好奇，也跟着，她们是邻居。

要说起来，一直到二十世纪七十年代中期，西路家庄有拖拉机之前，村里的大型运输工具还是马车。一九四九年，马车除了车盘是木头的，两个轮子也是。为了使木轮不开裂、结实些，上面铆着一些蘑菇状的铆钉。轮子最外边一圈，转动起来接触地面的部分，铆着一圈钢瓦。轮子转动时，中间与枣木车轴摩擦的地方，也都镶嵌着。这种马车叫"钢脚子"。"钢脚子"轮子大，还窄，那时路也不好，全是土的，路上便被压出了两条深深的辙。辙是歪歪扭扭的，走起来，"钢脚子"还发出"咣里咣当"的声音。二十世纪五十年代末，轴承胶皮马车车轮慢慢进入了西路家庄，先是"钢脚子"和胶皮车轮的一起用，渐渐的，"钢脚子"被彻底取代了。在村里探寻时，云亮哥说，他二姑婆家是大寨子的，一九五八年，他二姑结婚回来住了几天，回去时，他父亲到大寨子去送二姑，他也跟着，坐的车还是"钢脚子"。车辕里套一头牛，慢慢悠悠。一九五二年，我大爷听说沙家河子有一辆"钢脚子"要卖，价格非常便宜，便朝亲戚朋友借上钱揣着，赶紧跑去买了回来，高兴得不得了。可用过一段时间后才知道，这辆"钢脚子"压死过人，大爷懊悔不已，但已买了，只好继续使用。父亲说，"钢脚子"慢不说，由于没有弹性，太颠。还得经常给车轴上打油。因此，出门车上就挂一个小油桶。他跟着我大爷，给我大爷看门，到罗村拉炭，一趟能赚五元钱，吃了晚饭就走，第二天上午十点多到，装上炭后，找个店住一晚上，人和牛都休息休息，第三天一早再往回赶，紧赶慢赶，黑天后老长时间才到家。住店，都是找那些便宜一点的村野小店，门口挂把笊篱当幌子，店内陈设简陋，餐具粗糙。睡那种土坯盘的大通炕，有的是竹竿搭的双层床，一翻身，"嘎吱嘎吱"响。进门，人家先问你多少钱起火，就是吃几斤面。我大爷和我父亲都是自己带糠饽饽，只让人家在火上拿热水滚一下。父亲说，装上炭往回走，他一路上基本就都得跟着了，好随时捡拾那些摇晃下来的炭。那时，一路上特别荒凉，根本比不得现在这般热闹，见到的不是挑担子的，就是背褡裢的、挎篮子的、推木车子的，"钢脚子"都很少。刚开春的时候，有些挑担子的、推木车子的、穿一种没有裤裆的棉裤，叫衩裤，裤腿上方外侧缝着裤鼻，穿腰带上，这种裤子现在早已没了。路过一个叫吊桥子的地儿，"钢脚子"要从一处非常大的墓地穿过，两边都是高大的石人石马，"钢脚子"就从石马马头下走。

　　兴起胶皮车轮后，宗令爷爷买了一副车轮，跟我大爷的"钢脚子"车盘配成一辆马车，合伙挣钱。但时间不长，因收入分配闹矛盾，宗令爷爷滚走车轮，我大爷拖回车盘，散伙了。后来，经过协商，我大爷又买回宗令爷爷的车轮，马车才又开始使用。父亲说，到一九五三年，他在辛店运输公司赶马车拉货挣钱时，运输公司里他们那个马车组，

第三章　角落里的收获

一共才五辆马车。整个辛店也没几辆汽车，还烧炭，根本就很少能见得到。

赶马车，风餐露宿，非常辛苦不说，有时还特别危险，因为牲口毕竟是牲口，就是再听话也有兽性，发作起来，人是很难驾驭的。西路家庄里，阶存大爷、勋存大爷、林存大爷、宗义爷爷等，凡是原先赶过马车的，几乎没有没遇到过危险的。杏存叔的二姑，婆家召口，家里刨萝卜，让杏存叔赶上马车帮忙拉一拉，杏存叔套上大黑骡子去了。拉完后往回走，也许是骡子着急回家，蹬着蹄子，根本就吆喝不住，使劲拽缰绳都不行，把杏存叔"呼"地带到了车轮下，幸好旁边正好有一棵楸树树根，车轮碾上，一蹦，从杏存叔身上蹦了过去，要不就危险了。章文老爷爷赶"钢脚子"时，有一次，车轮竟直接从他身上压了过去，要不是车是空的，正好也没压到要害部位，这一劫就难逃了。而后来的路云溪，则直接就被压死了。一九九二年的事。

路云溪的父亲是勋存大爷。那时，勋存大爷与人合伙承包了村里的砖窑，路云溪赶着马车到砖窑上拉砖。马车车盘是铁的，有一个地方开焊了，他把马车调到电焊机旁，卸下骡子，拴在车盘上，焊开焊的地方。也许是电焊光打了骡子的眼，抑或别的什么原因，使骡子受了惊吓。开焊焊好，他牵骡子朝车辕里套时，还没彻底套好，以前非常温顺的那头骡子，竟忽然一尥蹶子，拉着马车狂奔起来。前边就是烧砖烧出的窑坑，路云溪担心骡子拉着闯下去，车损马伤，便使劲勒马缰，"吁吁"地朝后拽，但根本拽不住。骡子奔跑着，把他带倒，车轮从他脖子上碾了过去。

附近的人反应过来，赶紧跑过去，但路云溪已躺在地上，身子蜷曲着。骡子也不跑了。当时正修济青高速公路，一些大型自卸车穿梭着，从荆山南坡朝南边拉土，垫高速路路基。村民们立马跑去叫来一辆，云水哥、路绵森、云江哥，把路云溪抱上车，送进了临淄人民医院。但也只活了四五天，留下一个儿子，当时七岁，现在已经很大了。

地排车，是二十世纪六十年代末、七十年代初才在西路家庄出现的，胶皮轱辘，是马车的袖珍版，运量自然没法跟马车比，却比马车灵活，也比拉马车要省力得多，因此，可以用畜力，也可以用人力。改革开放后，一些人家在还没有充足的资金购买马车、拖拉机等较大型运输工具的情况下，开始自做或购买地排车，人拉，在外面跑运输挣钱。

云森家房顶上的地排车车排

路云同是当时西路家庄较早在外边拉地排车挣钱者之一，一九八二年，在张店东货场。

路云同个子不高，但胖墩墩的，有一膀子力气，也肯吃苦。张店东货场，他钢筋、竹竿、木材、盐包、百货，全拉，朝下面的经销店送，按吨挣钱，平均一天能挣二十多元。也拉粮食，比如黄豆。用麻袋装着，一麻袋二百来斤，必须几个拉地排车的合伙。有朝肩上发麻袋的，有扛的。装时，搭一块七十厘米宽的木板，翘翘着，一头架在摞起的二十层高的麻袋垛上。上的下的，都走这一块板。上的，到扛麻袋的身前时，一弯腰，从麻袋下麻溜钻过去，互不影响。夏天就光膀子，汗在背上汪着。皮肤晒得紫红，油汪汪的。

　　但路云同只拉了两三年就不拉了，太累。后来，有一个村办铁矿开工，他到那里干掘进、打眼、放炮，天天一身汗。收入还行，比拉地排车多。不久，矿上高息集资——百分之二十五，顿时吸引来众多的人，交钱的排着长长的队，蛇一样，你挤我我挤你，插队加塞，生怕交不上。那个铁矿村的很多村民甚至都到银行贷款朝里存。有的贷了一遍又一遍，到处送礼，找关系托熟人。因为就是还上利息，还有钱好赚，便纷纷贷！贷！贷！人性的弱点之一，就是禁不住诱惑，诱惑越大，往往越难把持，从而失去对一件看似非常简单的事情的正确判断。路云同把拉地排车挣的钱全存上了，那是他的血汗钱。不过，只拿了几年利息，高兴了没多长时间，就拿不出来了。铁矿不行了。十好几万元，就这样，全搁里边了，到现在都不给。那个铁矿也半死不活的，要钱的天天去找，围在办公室里，破口大骂的、拿绳子上吊的、提溜着瓶子喝药的，都有，但没用。路云同早不在那了，又干别的了。

　　村民的收入渐渐好点后，西路家庄的地排车由人力换成了畜力。先是驴，然后是骡子。一九八六年，云良哥花五百元钱从集上买了头大灰驴，拉上大米，到周村、淄川等地换大米。因为有时出去一待就是两天，甚至三天，所以，都是几个人一起出去。晚上，走到哪就在哪找个柴火跺，或路边土坑，驴调成屁股对屁股，围成圈，防止他们头挨头打架。然后，人在驴围的圈里铺块塑料布，上面放床破被子，拱里面，猫一晚上。不敢睡死了，因为还有地排车、驴，地排车上又有粮食。

青州大面积种西瓜后，因那里西瓜便宜，云良哥又赶着驴，到青州拉西瓜回来卖。也是几个人，至少俩，一旦有事，相互能有照应。每回都是半夜里走，当天拉上并回来卖完。用毛巾包上云良嫂子给烙的几个饼，作为早晨和中午的饭食。为了赶早，用鞭子打着驴朝青州跑。有一回，路云法和他一块去拉，朝青州跑着跑着，路云法的驴一下趴地上，不走了。没办法，路云法只好让驴歇缓歇缓，空车回来了。不能再去拉了，否则，驴要累个好歹就麻烦了。他们都对驴特别好。

夏天雨多，不定哪会儿过来片云彩，前边二十米处好好的，这里却"哗哗"下起来，还老大。虽然带着塑料布，有准备，还是被淋得这一片、那一块，湿淋淋的。西瓜怕淋，淋了就不甜了。有的甚至被雨水一激，"咔吧"裂开，没法卖了。因此，西瓜淋不得。驴，更淋不得。因为一车西瓜，一千多斤甚至两千斤，就指望驴蹬着蹄子拉，那怎么办？只能人受点委屈。塑料布要是盖不严，人便常被淋得"滴滴答答"。

驴这东西，还特怪，怕水。一是不过河里流着大水的桥。有一年，我父亲赶着驴车路过一座桥。那时水多，河里水大，河水快到桥板了，轰轰作响。老远，驴听到响声就不走了，怎么赶都不行，越朝前牵，越往后退，屁股始终往后坠坠着。竖着一双大耳朵，瞪着毛茸茸的眼睛。急得我父亲满身汗。一个路过的过来说，到河这里，你想让驴过去，不能硬赶，必须这样——说着，脱下身上的褂子，捂到驴头上，把驴眼蒙起来，一牵，驴就迈动四蹄，"嘚嘚"过去了。二是每逢下雨，平时再听话的驴，这时也不太好使，东拉西走，得牵着，否则，要么拉树上，要么拉沟里。

云良哥卖瓜，遇到雨，除非很小，一般都停下，把驴拴树上，支起塑料布避一避。不过，还是能在雨中走就走，毕竟是卖瓜挣钱的，不是避雨闲玩的。

一次，雨下太大，直接不能走了。云良哥把驴停下，拴路旁一棵杨树上，顶着塑料布等雨停。可雨下起来没完没了，一时半会儿都停不了的样子。想起早晨吃了两个凉饼后，现在大约已经十三四点了，饿了，便摸出了饼。反正闲着也是闲着。饼从毛巾里抽出来，三个卷到一起，大口咀嚼，就着香椿芽咸菜。刚吃几口，驴喷了个响鼻。他蓦地想起，驴从半夜里陪着，先到青州拉西瓜，又回来东村西庄地卖，到现在也没吃东西，于是掀开塑料布，淋着雨走过去，把饼递到驴嘴上，看驴大口把饼吃下去，然后摸摸驴头。心里既爱怜，又酸涩，一股人畜之间惺惺相惜的浓重感情，不禁油然而生。

云良哥赶驴拉地排车那几年，风风雨雨，有被坑的闹心，也有赚钱的开心。

他去拉瓜，来到一处瓜地，看地里瓜不错，个大匀称，花纹漂亮。想着这瓜要是拉出去，光凭外表就能吸引顾客。随便切开一个，拾起一片一咬——脆甜！谈好价钱，瓜主人摘瓜。不多会儿就摘了一堆。开始过磅。一地排车西瓜，一磅过不了，得用一个篓子装上，分开过。一般这种情况，一磅的零头如果不是整斤的，瓜主都不计。但这个瓜主别说半斤八两了，一两也要算。算就算吧，装了满满一地排车、两千斤后，还剩二百来斤，瓜主非叫云良哥都过磅装上拉走。云良哥说，还装，你看还有地方吗？再说了，就是强垛上去，地排车承受得了吗？驴拉得动吗？瓜主说，这我不管，你要不拉就别想走。云良哥生气了，这哪是买卖呀，是强卖呀！二人争执起来。瓜主同村一个人从瓜地路过，听到争执，过来调解，劝道："这样吧，卖瓜的也别叫人家都拉走，拉瓜的也别都不拉，互相退一步，拉瓜的留下十元钱，明天再来拉剩下的，到时钱退给你，怎么样？"云良哥一听就不干了，因为拉一车瓜，卖一天也就赚十来块。留下十元，就为这二百来斤瓜，明天再跑一趟？肯定不行！即使明天来拉，也不一定来这片了，得另找好地块儿了。讲来讲去，最后还是留下三元。这三元就白留了！云良哥说，谁家摘瓜能摘到一个不差？拉了好几年，还是第一次碰到。一般都是过完秤后给搭上几个。有时，他们几个人合伙，从西瓜地里看好瓜，找汽车来拉，然后这个两千斤，那个一千八百斤的分，秤也都给得足足的，不行再多添上个。做买卖嘛，你一磅秤进来，得木杆秤一小秤一小秤出去，还秤秤都得高高的，如果被计较，根本没账算。

　　不过，也有轻易就赚钱的时候。有一次，他赶着驴卖西瓜回来，看到路边贴着一张小广告，不经意瞥了一眼，大路家庄有一个人，从产土豆的地方拉一汽车土豆搞批发，再看价格，只有当地土豆的一半。寻思着，真的假的？过去看看吧，反正又不远。于是立刻拉过驴，赶着去了。一看，不但价格不错，土豆也非常好，拉出去肯定好卖。他要了两千斤。过上磅，拉到傅山，人都成袋子地买。因为土豆太好了。不多会儿，两千斤全卖光了。驴不停蹄赶回来，又拉上两千斤。出去不多会儿，再卖光了。他太开心了，这简直就是猫腰捡钱呐！但当他又赶回来，拉第三车时，西路家庄的维存叔、学存叔、孝存叔等，都赶着驴，拉地排车去了。一汽车土豆，一会儿就卖光了。

做买卖也得看机会，里面的道道很多，学问也大，必须好好拿捏。

阶存大爷也曾赶地排车到青州拉西瓜卖西瓜，但只拉了几次就不去了。因为虽然赚了几回，最终还是赔了。

他去拉瓜，看到一块瓜地里一地的瓜，一问价格，比别的都便宜些，以为能赚不少，赶紧摘了一地排车。但他不懂，这些瓜因为一直没有卖出去，就在大太阳下暴晒，也不知已经几天，因此瓜的外表虽然看上去不错，里面的瓤却已经晒坏了。他拉回来，人家买去，一会儿把切开的瓜又搬回来了，说你瞅瞅，你这叫什么瓜呀，还能吃吗？他一看，瓤都发紫了，说给你换一个吧，挑了一个差不多大的，人家让当场切开，说免得再耽误工夫，可还是紫的，再切，仍是。"咔嚓咔嚓"，车上摆满了紫瓤西瓜。他赶紧退钱给人家。没法卖了，只好赶着车回来了。瓜全喂驴了。别人拉瓜赚钱，他却被瓜坑了一下，再不去拉了。

云良哥赶驴车那几年，早饭吃到半上午，中午饭吃到半下午，还都得抽空吃，根本没个准时间。水也喝不好，一会儿凉、一会儿热的，害了病——溃疡性结肠炎。大便里经常带血，每次必须住院、打吊瓶，一住就是十来天，一年要折腾个七八回。加上平时吃药，药费也不少。村里有的人就是这样，吃苦受累，挣下钱了，身体也害了病了。有的又不及时治疗，小病发展成了大病。

云森家的地排车在他们家南屋的屋顶上，东头。屋顶是平的。云森媳妇指给我看，我左右瞅瞅，问怎么才能上去，云森媳妇说，大门洞里有梯子。我们过去，梯子靠西墙放着，一大一小两个，都是竹子的。我们抬过一个小的，靠南屋墙上，云森媳妇和华存婶子在下面扶着，我踩着爬

旧物回声 · 记忆中的乡愁

了上去。车盘已经朽得差不多了，两个车把估计一掰就会断掉。云森媳妇说，这个车盘是美存叔给打的，槐木的，后来不用了，感觉扔了可惜，又没地方放，先放到这上面了，没想到一放就在上面放住了。现在当柴火烧都没人要了，看看哪天有空，抽下来扔了算了。

油　灯

　　路绵东那台大型联合收割机南边，有一片碗口粗的杨树，被树枝、铁丝网等圈成好几个大小不等的树园子。有一个园子里放着几个塑料桶，堆着几根木头，摞着部分红瓦。瓦前面有一个牛槽，我想照张照片，门锁着，进不去，而从铁丝网伸进照相机，又怎么也拍不全，杂七杂八的东西太多。打听是谁家的，说是墨存叔的。去找墨存叔，大门锁着。我到那片杨树园子附近转，看能否有什么意外收获。有一段时间，我经常在西路家庄村边子上的树园子、闲院子里转。

　　还真碰着了，就在神庙的庙基旁，那片杨树园子东南角。

　　这片庙基上，早先曾有一座神庙，坐北朝南，进门有影壁墙，后面是大殿，殿前有廊檐，檐前红柱子。整个神庙的院墙和大殿墙都是赭色，所有门窗都是红色。里面供奉着观音菩萨、土地爷、马王爷、关老爷、二郎神、牛王爷、财神爷。观音菩萨居中，其余各神端坐两边，栩栩如生。所以，大殿也叫七神堂。影壁墙后面，还有一个小型神殿，殿门与大殿门在一条中轴线上，南北相对。里面供奉着疙瘩神。

逢年过节，村民都来神庙里洒酒、烧香。西路家庄有祭祀的传统，特别是春节。摆上供品，燃香焚纸，磕头作揖，祈求平安顺遂，家业兴旺，五谷丰登。祭祀的对象，一个是各路神明，再就是祖宗。祭祀的场合，除了家里外，还有墓地、祠堂和神庙。神庙在二十世纪六十年代中期倒塌了，不过庙基还在，长方形，比别处略高，长了些槐树、梧桐树、香椿树、杨树，还有酸枣树、枸杞、杂草。这些年，村里建房子，往西一排一排的，已到庙基跟前，但都避开了庙基。进行祭祀，就到庙基前。有形的庙宇虽没了，人心里的庙神却依然在。

与神庙差不多同一时间倒塌的，还有西路家庄的祠堂。

祠堂在村东，也坐北朝南，建筑格局与神庙差不多，又有所区别。大殿三间，东、西、南三面是院墙，院大门黑色，勾着蓝线，开在南墙正中，非常气派。大门外，一边一棵大槐树，每棵槐树上一个喜鹊窝。喜鹊们经常在村子上空飞来飞去，槐树之上"喳喳"有声。进大门，大青砖影壁墙，白石灰勾缝。拐过影壁墙，有四棵大松树，一棵得一个成人使劲抻抻着手，才能勉强合抱。蓊蓊郁郁。东墙下，偏房两间，房门朝西。祠堂院墙是土的，青砖收顶。大殿门漆成黑色，两边的窗户为大开扇。殿顶挂黑碎瓦子。四角和殿脊上有五脊六兽。进殿门，正中摆着西路家庄路氏先祖路遵的牌位，蓝底金字。牌位后面，一排路遵之后路氏先祖们的牌位。这些牌位上的名字不再是金色，但牌位都比路遵的大，能当面板。

这座祠堂，是西路家庄路氏与大路家庄路氏赌气建的。

当年，从枣强县一起迁到临淄的除了路遵，还有路通，他们是兄弟两个，路通到了西路家庄东北大约六里地的大

旧物回声·

记忆中的乡愁

路家庄。后来，哥俩的后人为谁是老大产生了争执。大路家庄的说路通是老大，而西路家庄的自然强调路遵才是兄长。大路家庄的说我们人多，人多就说明路通是老大。西路家庄的说，人多只能反映生育能力，不代表大小。大路家庄的又说，我们村有路氏祠堂，你们村呢？逢年过节，不还都得来我们这祭祀吗？这祠堂就说明路通比路遵大。西路家庄的说，噢，原来有祠堂就能证明是老大呀，那我们也建一个。西路家庄路氏就凑钱买地，找匠人、搞设计，算了日子，放挂大红鞭，破土动工，在西路家庄村东建了这座祠堂。

　　祠堂西院墙外，有两间土坯小房，供看祠堂的用。到二十世纪三四十年代，看祠堂的是一个姓杨的外地人。有妻子和三个儿子，大儿子叫杨秋子。他们吃住在小房里，对祠堂进行打扫、整理、看管。路氏需要祭祀或在祠堂举行活动，就把祠堂大门打开。结束了，再关上。祠堂有块地，不大，租给别人耕种，收取的租子作为看祠堂的报酬。

　　有那么一阵子，村里人说杨秋子是共产党，经常把一些外地人带到小屋，嘀嘀咕咕，好像商量什么事情。每回都是父亲坐门口，似在望风，但村里人没有在意。接着，又有那么几年，杨秋子不见了。小屋里就只剩了杨秋子的爹娘、两个弟弟，他们日复一日，打扫、看管、整理祠堂，然后待在小屋里。家里大人跟村里人接触不多。有时，杨秋子的两个弟弟倒是会与村里差不多大的，在小房不远处弹弹杏核、玩玩捉蚂蚁，非常开心。

　　一天，忽然说过队伍了。那时候兵荒马乱，经常过队伍。村里人赶紧朝荆山上跑。抱鸡的、牵驴的、拽小孩的、驮面布袋的、扛枕头的，脚步踢踏，慌里慌张。俊俏点的闺女、媳妇儿还把头发弄乱，冲锅底下赶紧抹把灰，脸上划拉得不像个样子，乱七八糟。

队伍还真来了。有一人骑着枣红马，"哼哒哼哒"，刚进村，就一骗腿下马来，牵着往里走。村里胆大点、走得慢的，扭回头一看，哎哟，那不杨秋子吗！牵马的说："乡亲们，我就是杨秋子啊！这是咱解放军，老百姓自己的队伍，别害怕，都回来，回来吧！"村里人见是杨秋子，都大着胆子返回来了。远的，已到了山前。先是怯生生地看杨秋子的马，议论着，一天得吃多少草料，要是套车上，一趟能拉多少庄稼。然后，凑上去摸杨秋子的军装，腰上挂的匣子枪，接着回家给队伍拉风箱烧水，让队伍到家里歇息。

不久，队伍又集合开拔了，到了哪里，没人知道。之后也再没见过杨秋子。

神庙西侧有一个土堌堆，堌堆旁露着一片玻璃，用脚踢了踢，根本踢不动，找来一根槐树树枝抠抠，玻璃竟埋得挺深，继续抠，一个油灯的轮廓显现出来——是那种有喇叭形底座，上面鼓凸肚子的罩子灯。我以为可能是个残片，抠出来，竟然完好无损。回家洗掉上面的泥土和油垢，晶晶亮。

西路家庄一九七八年底通电之前，一直点油灯，先是豆油的，一个小灯碗，旁边有个小口，搓根棉花条放小口上，倒进豆油，夜晚，用火镰打火，点燃照明。后来是煤油灯，因为点的煤油咱中国生产不了，

神庙庙基旁抠出的油灯

是从国外进口过来的，所以也叫"洋油灯"。就是一直到后来，村里有人还都这么叫，习惯了。这些煤油灯，除了个别的有个铝制或铁制的灯台，上面有个把儿，可以端起来外，一般就用个瓶子，做上灯头，灯头中间穿根灯芯，挪动时直接端着瓶子。要是到院子里，就把一只手挡在灯头前，小心着，防止风把灯吹灭。村小学和村办公室里才有这样的罩子灯，老师在灯下看书、备课，用蘸水笔蘸上红墨水，批改作业。村会计在灯下扒拉算盘，算账记账。生产队的麦场上有马灯，另外一盏汽灯。扒玉米、开大会时点上，"呼呼"地亮，引来飞蛾"噗噗"朝上撞。不过，隔段时间得打气，旁边一个把手，转一下，拽出来"哧噔哧噔"打，然后再摁进去，一转锁上。直到后来，个别家庭才有了这样的煤油灯。

煤油可以到镇上供销社打。后来，村里也有了代销点，就在村中间，小学院子里。两间东屋，木门木窗，柜台用扒坟掀下来的石碑做的，碑文冲下，宋体，笔笔见功夫，干笔都刻得十分精到。柜台后边，青坟砖砌了十来个格子，上面覆上高粱秸，抹上泥、糊上纸，当作货架。里面摆着针头线脑，作业本、钢笔水，烟酒糖茶，雪花膏擦手油、毛巾红头绳。代销员是宗玉爷爷，一个不太爱说话的木讷之人，一举一动慢慢悠悠。到上边的供销社去提货，推着辆独轮车。

他住我们家老房子西边，中间隔一条南北大街。前边一个十字路口，两边，这里三块那里两块地摆着些上部平整的黑石头，常有一些叔叔、大爷坐在石头上拉呱，或有一些婶子、大娘、嫂子坐石头上纳鞋底。锥子朝鞋底上一扎，穿着麻线的针再从锥子扎的眼上扎过去，麻线在怀中拽得翻着浪花，间或举起针，在头发上蹭几下，下意识的样子。纳出的针脚横成排、竖成行，大小匀称，很像一片开在枣树上的米黄色枣花。

那时，人们穿的鞋很少有到商店买的，大人、孩子基本都穿这种麻线纳底布鞋。先打袼褙，西路家庄叫"确子"，把一些破衣服、烂被子上能用的布拿剪子铰下来，洗净；榆树皮晒干，上碾压成面，熬成糨糊，再一层糨糊一层布地糊到一块平整的板子上，晒干，然后根据鞋样子，把袼褙铰出来，纳鞋底，做鞋。从打袼褙到做成一双鞋，要经过好几道工序，哪一个环节都马虎不得，否则，不是鞋帮大了小了、与鞋底不配，就是上起来皱皱巴巴，不像个样子，所以，看一个女的针线活怎么样，往往一双鞋上就可见分晓。西路家庄这里，过去青年男女订婚，女的一般要给男的做双鞋，一来为表达对男方的感情，有誓约的那么个意思；再就是要让男的这边看一看自己的针线活，以示自己不拙，是个巧女子。现在早已没人做了。费那功夫！

关于宗玉爷爷，我第一次到外面正规坐席，就是他结婚的时候。当时我十一二岁的样子，父亲正好有事，决定让我去，我便忐忑中带点慌张，感觉不太胜任，都是些大人。父亲说不就坐个席吗，以后大了要去坐的多了，早晚要坐的。嘱咐我，入座时千万不能坐上面的椅子，必须坐末座。还以我们家桌子椅子为例，给我比划哪是上座，哪是末座。说吃菜时，如果首席不动筷子，一定不能动，否则会叫人家笑话没有家教，要待首席拿筷子后，才能跟着拿筷子，如果首

寿存婶子做的麻线纳底布鞋

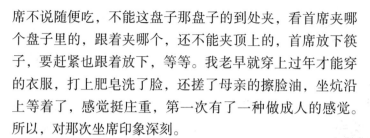

席不说随便吃，不能这盘子那盘子的到处夹，看首席夹哪个盘子里的，跟着夹哪个，还不能夹顶上的，首席放下筷子，要赶紧也跟着放下，等等。我老早就穿上过年才能穿的衣服，打上肥皂洗了脸，还搓了母亲的擦脸油，坐炕沿上等着了，感觉挺庄重，第一次有了一种做成人的感觉。所以，对那次坐席印象深刻。

西路家庄保管员、记工员、林业队技术员等各"员"中，干得时间较长的有两个"员"，一个是卫生员武存叔，另一个就是代销点的代销员宗玉爷爷了。卫生员有一间专门的卫生室，里面有个药架子，摆着一些咖啡色瓶子，装着止疼片、安眠药、眼药水等。瓶子上贴着标签，便于区别。平时，武存叔就在卫生室里，谁家有病人来叫，他便背着画有红十字的药箱出诊。有那么几年，他还在村南的一块地里种甘草、半夏、芍药啥的草药，就在麦场东边，三棵大梨树南侧，浇水、拔草、间苗、收获、晾晒、切割，一包包装起来，放卫生室药架子上。进门，里面便很有一股药铺的味道。武存叔干卫生员三十八年，现在每月领取七百元补助，由政府发放。宗玉爷爷干代销员，一直干到一九八二年西路家庄土地分到每家每户后。后来，因为急性阑尾炎，去医院手术，没能下来手术台。宗玉奶奶早在他之前就去世了。心脏病。天天喘，冬天更厉害。留下一个姑娘，一个儿子。姑娘已经出嫁，儿子叫敏州，现在跟着宗玉爷爷的哥宗金爷爷。政府对敏州叔每个月都有补助。

到代销点打煤油，要各自提溜着煤油瓶子。宗玉爷爷收钱后，接过来，拿一个锥形铁皮漏斗插瓶口上，提起提子，煤油倒进漏斗，灌入瓶子。提子有大有小，不同提子装不同量。煤油根据家庭人数，按量供应。一家一个小蓝皮本本，上边记着每次打的时间、数量，如果超过了，就不给了。

那时，凡购买东西，除了使用购买本外，还有各种票证，买肉要肉票，买布要布票，买煤要煤票，买自行车要自行车票，买缝纫机要缝纫机票，到饭店吃饭要粮票。物资匮乏，需求量又大，供需不平衡，只能采用这种办法予以限制。所以，那时甭说没钱，就是有钱，没票，想买个东西也不一定能买得到。

我到冠忠哥家探寻时，他还保存着一张一九七〇年的淄博市购货券，从影集里拿出来给我看，非常完整，左侧是三面红旗图案，上面有"备战、备荒、为人民"七个字，顶上偏右印着"淄博市购货券"，底下是"1970年"，感觉那么亲近，又那么遥远，屈指一算，四十九年了。

冠忠哥家的淄博市购货券

打来的煤油，家家都得算计着，一般能不点灯就不点灯，能把灯头调小就调小。常常，一盏昏黄摇曳的灯火下，孩子趴桌子上做作业，女人坐屋地上摇纺车，男人则在旁边缚笤帚，有时也修理坏了的凳子，或干别的。得充分利用漆黑中的那点微弱光亮。待一上炕，"噗——"，赶紧吹灭，然后响起鼾声，和梦见吃鱼吃肉的吧嗒嘴声。间或村东村西的狗"汪汪"几下，生产队饲养棚里的灰叫驴"啊

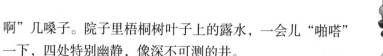

啊"几嗓子。院子里梧桐树叶子上的露水，一会儿"啪嗒"一下，四处特别幽静，像深不可测的井。

母亲说，我一岁那年农历二月底的一天，生产队为抢农时，组织趁晚上有月亮地里亮，栽春地瓜秧。我父亲和母亲吃过晚饭，哄四岁的我哥睡下，再将我奶睡着，悄悄放在炕上，匆匆去了地里。他们刨坑、撒粪、浇水、栽地瓜秧，干到半夜才回家。打开院门，腰酸背疼点上灯，炕上我哥睡好好的，我却不见了。临走时怕我掉下来，还在周围挡了被子、枕头、针线筐箩，怎么会没了呢？那时很少有抱小孩的，除非送。叫醒我哥，我哥说睡着了，不知道。赶紧端过油灯，在炕前找。慌张中，油灯"噗噔"掉在地上，瓶子倒是没碎，油全出来了。摸起来把灯头放好，再朝里倒煤油。拿过煤油瓶子，才想起油已没了。前几天就都倒灯里了。只好划火柴，一支又一支。屋地上到处是我爬过的痕迹。又到院子里，还是东一道、西一道。来到东南角上，院大门的门洞里，由于土多，痕迹更明显，还有几处我尿湿的地方。但半盒火柴快划完了也没见我的影子。这怎么办呐？父亲母亲到院子里，琢磨着到底是怎么回事，看是不是叫邻居来一起找。这当儿，东边柴火垛黄狗趴的那个黑黢黢的窝窝里，微微传来一声抽泣，父亲母亲一愣，立刻呼喊着我的名字跑了过去。火柴一照，我全身是土，脸上满是泪痕和干了的泥，蜷缩着，跟我们家的狗拥着，睡在一起。父亲不禁长长叹息一声，母亲则抱起冻得全身凉凉的我，揣在怀里，呜呜失声。

所以，一九七八年通电安电灯时，父亲特意叫电工元存叔拉到院子里一盏。元存叔从电工包里拿出个度数小些的灯泡，父亲让换个大些的，元存叔说小点的省电费，父亲说不怕，只要亮。灯泡和开关是父亲端着煤油灯照着接好的。那段时间，元存叔作为西路家庄唯一一个电工，一家家地跑，特别忙。元存叔到外边推上闸，回来仰起头，一拽拉绳开关，"啪嗒"，顿时一院子的雪亮，白昼一样。父亲将油灯吹灭，于亮堂堂的夜晚中，把油灯搁了起来。西路家庄的村民，前后也都把油灯搁了起来。从此，油灯，被西路家庄永久地尘封了。电灯，照亮了西路家庄崭新的生活。

我拣的这个油灯，可能就是后来不知谁家扔掉的。现在，我把它摆在了书橱上的《瓦尔登湖》旁。有时写作累了，我会隔着书橱上的玻璃默默端详，感觉虽然已经擦得锃亮，却还是满身岁月的风霜。如果往回看，从前那片漫长的日子里，它也曾骄傲地挺立过，且以头顶上那朵摇曳的橘红色火苗，给了西路家庄一片夜晚里的微光。

辘　轳

西路家庄最东南角上有一户人家，是美存叔家。年初六，我见美存叔家院大门开着，便走了进去。探寻以来，只要看到谁家开着院门，而我还没去过，就进去看看。首先，在院大门门洞墙缝上发现了一把几乎找遍了全村也没有找到的揶镰子挂在那，接下来是惊喜连连，又发现了牛鼻圈、钊刀子。

美存叔家夹道里的辘轳

更令我激动不已的，是发现了一架还在使用的辘轳。

这架辘轳架在美存叔家上房东侧，与东灶房北山墙形成的夹道中，下面不是水井，而是一口两三米深的地瓜井，怕淋进雨，上面扣着一口铁锅。我拧着辘轳把轻轻转了转，非常好用。

美存叔听说我要找旧物件拍照，满旮旯帮我寻觅，摸了一手灰，之后又把我让进上房，泡上茶。

美存叔这座宅子，原先是他大哥荣存大爷的。

荣存大爷性格耿直，办事丁是丁，卯是卯，从不贪公家一分钱便宜，生产队时，一直当保管员。过秋，场上堆满了玉米、大豆、谷子、高粱，他看场。晚上蚊子很多，乌央乌央滚成了蛋，又没有蚊帐，有一回被咬得没办法了，他转来转去，打开仓库，从牛皮纸六六六粉袋子里，抓了一把六六六粉抹身上，灰扑扑、粉嘟嘟，边抹边说："叫你再咬，王八犊子，药死你！"

荣存大娘没有生育，他们抱了云昌哥，从山庄村路百发家。

路百发是我母亲的舅，我喊他舅姥爷。一九六〇年，云昌哥四岁了，饿得还不会走，躺在炕上奄奄一息。母亲到舅姥爷家走亲戚，看望舅姥爷和舅姥娘，舅姥爷指着躺炕上的云昌哥说，看有没有要的，赶紧给找个人家吧，要不就饿死了。母亲琢磨一阵，想到了荣存大爷，回来跟荣存大爷和荣存大娘一说，俩人非常乐意，便把云昌哥抱了过来。

到云昌哥十岁，荣存大娘去世了，肝病。此后，他家一直是爷俩过日子。

一九八二年，云昌哥结婚了，因为和妻子感情不和，喝了敌敌畏。快不行时，才爬进荣存大爷房子，对荣存大爷说，爹，儿子不孝，不能孝敬你，给你养老送终了。荣存大爷赶紧招呼人，把云昌哥送到医院，却已经晚了。

荣存大爷的母亲是王梦兰奶奶。云昌哥死后，王梦兰奶奶从村北老宅子搬过来，住进了荣存大爷这座宅子，帮荣存大爷洗衣做饭，缝缝补补。王梦兰奶奶去世后，荣存大爷自己住在这座宅子里。这也是西路家庄一九七八年通电后，最后一座用上电灯的宅子。到一九八二年，荣存大爷还用煤油，划火柴点煤油灯。王梦兰奶奶的一个娘家侄子，在路山公社供销社工作，给荣存大爷提供煤油、火柴。一九八二年，西路家庄全部实行电灯化，考虑到荣存大爷的实际困难，免除了荣存大爷一切电灯安装的费用，把电无偿送进荣存大爷家。

一九九一年，西路家庄不再家家一根担杖、两只水桶、一根井绳地挑水吃，村东打了一眼机井，铺设地下管线，把井水引入家家户户，实行隔天中午定时供水。每次从十一点到十三点供应两个小时。为了保证水量和压力，分村南和村北两个阀门供。井水抽上来，进入一个大罐，大罐离地两米高，打开大罐村南阀门，供水一小时，再打开村北阀门，供水一小时。

荣存大爷负责看供水电机，按所使用电量，从每度电电费中提成七分钱。如果有修造或浇山上地的拉水，大罐上有专门的放水阀，拉一铁皮鼓子水，荣存大爷另收一角钱。

荣存大爷看电机，一直看到年龄大，不能再看为止。村里曾做工作，让他到镇上敬老院安度晚年，但他没去。人老了，是恋故土的，在西路家庄生活一辈子，有感情了，舍不得离开。他侄子和本家人负责照顾，直到二〇一二年九月因病去世。活了七十九岁。死后，葬在村后荆山上，他娘王梦兰奶奶坟旁。

荣存大爷去世后，美存叔搬了过来。之前，美存叔住山上。

二十世纪八十年代末、九十年代初，西路家庄南边修济青高速公路，村里与修济青高速公路的签合同，卖了荆山上半山坡土。这片土，被从荆山南山根平着挖了进去，机械施工，日夜不停，几个月就形成一个老大的坑。宗仁爷爷估算，当时这个坑少说也得三十亩。这个数字应该是比较准确的。改革开放后，村里成立村委会，他当过第一任村主任。坑呈簸箕形，口朝南敞开，东、西、北三面为垂直陡壁，最深的是北边，离上面差不多二十米。

不几年，左存叔从外边学来栽种双孢菇的技术，用稻草、牛粪、棉籽壳、菌糠、过磷酸钙、尿素、石灰粉等做基料，种植双孢菇。见一人种，其他人都学，一时，这个坑的陡壁上被掏出很多深深的洞。美存叔也掏了一个。但双孢菇种植没几年，便没人种了——效益不好，赚不了几个钱，白忙活。陡壁上的洞便荒废了。

美存叔却把洞收拾收拾，将原来他村北的房子给了小儿子，在洞里住了下来。慢慢地，还在洞前盖个掩映在杨树下的砖瓦小院，院子里瓜棚豆架，日子过得有滋有味。但这里好是好，就是脱离村子，凡事不太方便，特别是一到晚上，黑灯瞎火，既没犬吠，也无鸡鸣，与世隔绝了似的，更不便于同村里人交流。

南边不远处，东西向的高速路上车辆飞驰，繁忙穿梭。晚上，车灯闪烁，宛若璀璨的银河，这里，却是一个以山洞为依托的孤零零的院落，时间长了，自己都有点别扭。荣存大爷去世后，他回村了。

人，是离不开群体的，特别在乡村，因为文化根基就是互助，你有事，隔墙招呼我一声，我需要，大街上喊你来帮帮忙，织成的是一张左邻右舍互相依存的网，每一个人，都是这张网上不可分割的结。

美存叔是西路家庄七十多岁以上的老人中，学历最高的，高中。他虽然上学晚，但学习好，二十世纪六十年代初，在辛店中学读书时，全年级一千六百多人，他排第一。他还是从大路家庄直接保送去的，本来不打算读了，家庭困难，但学校的老师一趟趟到家里找，有一次，美存叔家还用蒸地瓜招待了来家里的老师。老师答应，如果美存叔上学，学校给的奖学金一定比别的同学高，每月四元，这样他才去了。那时，学校里奖学金最高的每月七元，但就一个，然后就是他，其余的都三元、两元。那时学校刚刚建成，甭说宿舍了，教室连窗户都没有，冬天特别冷。学生吃定量，每月二十斤玉米面。正是十八九岁长身体的年龄，根本不够，学校便组织每个班上体育课时，去附近生产队收获后的地瓜地里划拉地瓜蔓子，一人一书包。女学生仔细一些，男学生连草带地瓜蔓子一起划拉，回来交给食堂，炊事员把地瓜蔓子放地上，用脚踩踩，掺上玉米面，捂成大菜团子，上锅蒸了，吃饭时，一人发一个。地瓜蔓子地里，老百姓是放过羊的，因此，菜团子里常常吃出羊粪球，最多的，一个里面曾吃出五个。喝水就喝蒸菜团子时的馏锅水，颜色比现在的头遍红茶茶水要浓好多，既苦又涩，每人一个搪瓷大茶缸子，舀上半缸子，不能舀满，否则，后面的连这样的水都喝不上。学校刚开始时，一个班五十六人，过不几天走一个，时间不长，只剩二十来人，当时生活条件太差，待不住。但美存叔一直坚持。后来，由辛店中学被保送到益都三中。因为又实行学生就近上学政策，他从益都三中被划到了离西路家庄较近的桐林四中。

旧物回声·

记忆中的乡愁

美存叔读完书回家后，有文化，又聪明，做什么都非常出色，比如，他盘的烤烟炉火炕，特别漂亮不说，还非常科学，烟炉烤烟的同时，能烧红砖，烤出的烟也格外好。上边要挑选两个栽种和烤制黄烟的专家，到巴基斯坦指导黄烟栽种和烤制，美存叔便是其中之一。带着黄烟种子，时间一年。这是个机会，飞机票都订好了，衣服也定做了，但由于美存婶子不同意，美存叔却最终没去成。现在想来，那时要是去了，人生说不定就是另一番天地，但也只能是假设了。不知美存婶子是否曾为她当年的阻拦后悔过。

其实不光美存婶子，过去西路家庄的人，受孔子"父母在，不远游"思想影响，往往都不习惯走出去，同中国北方绝大多数农耕村落一样，观念就是"盖口屋，喂头猪，炕头上面热乎乎"，机会本来就少，偶尔来了，也会让其丧失掉。而为了推卸这种决策失误的责任，往往要说成是天意的安排——命，从而进行自我心理调治，维系平淡无奇的村落耕种生活。

二十世纪六十年代初，有一个干部姓姜，到西路家庄搞社教，住我们家，跟我们一个锅里吃饭。这个干部搞完社教后不几年，成了临淄百货大楼经理。一九六八年，百货大楼要招几个人，半工半农，这个姜姓干部照顾西路家庄，让去两个，男女都行，只要是年轻人，有点文化，五官周正，会算账就行。西路家庄让绪存叔和我大爷家二哥云春去了。月工资三十元，十五元交生产队，每天记十分工，十五元留给自己。那时，十五元也算是笔不小的收入，售货员又是个叫人十分羡慕的职业，风不着、雨不着，还干干净净，能买紧俏东西。可我二嫂缠磨着，非叫我二哥回来。因为他们已有了一个孩子，又刚分家单过，二嫂嫌自己在家又带孩子又参加生产队劳动，太累。二哥只好又

第三章 角落里的收获

回到西路家庄。百货大楼觉得二哥回来可惜，几次到西路家庄来找，希望他再回去，弄个名额不容易。但我二哥没听。不几年，百货大楼招的人全转正了。跟我二哥一起去的绪存叔成了正式工人，吃上了商品粮。现在，绪存叔已退休十二年了，而我二哥却依然在村里。我二嫂前几年就去世了，骨癌。我二哥的一个膝盖也有毛病，走路特别不方便，看了好多医生、吃了很多药也不管用。医院让做手术，问得多少钱，说要五六万。二哥心疼钱，掂对掂对，没舍得做。可走路又不方便，于是花一万九千多元买了一辆带篷电动三轮车代步。他说："咱该当就是吃这碗饭的！"

美存叔后来自学木匠，成为村里有名的细木匠，因为他几何学得好，什么东西一看就明白，而且换算准确。村里很多木匠都是他的徒弟，云辉哥就是。改革开放后，云辉哥背起木匠匣子，去了辽宁阜新煤矿，给矿上职工家属打家具，柜子、桌子、椅子、大橱，啥都做，一个月挣二百四十多元，他用赚的钱回来结婚，盖了房子。美存叔木匠活好，想做什么起手就能做，不用犯什么愁，他家夹道上现在还架着的这架辘轳，就是他自己用斧子和锯简单做的。

在没有机泵之前，西路家庄从井里取水浇地就用辘轳，还有水车、鸳鸯罐。后来，有了拧不够^①。早先，只有个别大户人家才有水车，一般的就是辘轳，有的连个辘轳也没有，浇地还借别人的。

辘轳由辘轳头、辘轳杆、架子、辘轳绳、罐斗等几个部分组成。除了罐斗和辘轳绳，其余全为木头。而最早，

---

① 西路家庄一种铁制手摇车水机械。

罐斗也是木板的，后来才改成了铁皮。宗仁爷爷家曾一直保存着一个木板的，不巧的是，就在我到他家探寻之前，刚刚卖给一个收旧物件的了。他家的猪圈，带顶棚的，宗仁奶奶说，上面还放着一个铁皮的，我踩着梯子上去，从一堆杂物里拽了出来，猪圈顶和西平房顶连着，我放西平房顶上，照了张相。罐斗个别地方差不多已锈蚀透了，估计放不了多少年了。

铁皮辘轳罐斗

用辘轳取水，先用右手握着辘轳头上的把，然后弯腰，左手扶着罐斗，垂直对入井口，接着，两手迅速合到辘轳头尾部按着，让罐斗借助自身重力，带着辘轳头上缠绕的辘轳绳落入井中，自动灌满水，再摇动辘轳头上的把，把罐斗拧上来。倒罐斗里的水需要巧劲，方法是右手一拧，左手一拽，然后右手一松，这几个动作必须连贯，否则，顾此失彼，耽误工夫，多费力气，还很危险。

林存大爷今年已经八十四岁了，他曾有个妹妹，小名叫今改，按辈分，我该喊她姑。她打一出生便有一条腿有毛病，会走后，一拐悠、一拐悠地。但她聪明，非常漂亮，也很乖，所以特别讨人喜欢。十岁时，有一次，她在井旁洗菜，开始还好好的，过会儿却不见了，旁人忙喊着找。

见辘轳有被拧过的样子，罐斗也在井中。一打捞，果然是掉井里了。等捞上来时，已经淹死了。

原先生产队有自留地时，有一天傍晚，杏存叔在自留地里拧辘轳浇麦子，不小心被辘轳把打到头，血"滴滴答答"地流。找武存叔包起来，纱布在头顶上捂了老长时间。

杏存叔小时候上过学，学历虽然没有美存叔高，但也有文化，曾当过一段时间老师，会写毛笔字。以前，谁家盖大门，前脸一边一块砖上得写字，既对大门进行了装饰，又使大门显得庄重，充满了文化底蕴，往往左边写"幸福"，右边写"人家"，或左边写"勤劳"，右边写"门第"，后来也有写"开拓""前进"和"奋发""图强"什么的，都找他写。春节也写春联，磨上墨，铺开裁好的红纸，挽起袖子：一夜连双岁，五更分两年；忠厚传家远，史书继世长；喜居宝地千年旺，福照家门万事兴；天增岁月人增寿，春满乾坤福满门。词都是现成的，年年写，熟了。告诉来写的人，哪个是上联，哪个是下联，不能贴倒了，更不能这副跟那副搞混了。不仅如此，他还会给婚丧嫁娶的人家做账房，现在八十二岁了，有的人家还把他请去，有些拿捏不准的帖子，都需要他进行斟酌，最后确定。村里人讲究多，特别是红白事，人多，亲戚也多，大爷啦、舅啦、姑夫啦、姨夫啦、连襟啦，有许许多多的礼节和道道。早先，为着帖子没出好，或酒席没安排对，长辈生气上火躲出去一直不露面，亲戚掀桌子、摔板凳、砸酒杯、扬长而去的，都有。所以，账房不但得有文化，还得有一定威信，震得住场子，类似于乡贤。

掌握了拧辘轳的技巧，一些女的也拧得非常好，解存大娘就是。一九五一年，她跟解存大爷结婚后开始学着拧，后来非常熟练，速度不输解存大爷。她今年已经八十六岁，视力不行，头发花白，什么也做不了了。大街上对我感叹，人这一辈子，不容易！

最令她难忘的，是一九四八年解放潍县，她娘家那片儿打阻击，"那枪打得，那炮弹炸得，那人死得，嘻！"她叹息。

她娘家在王家庄。当时她十五岁。四月的一天早晨，她到王家庄南边的小张王庄，她姥娘家拿菜，有菠菜、芽葱、韭菜。她娘叫去的。姥娘用草绳捆了，让她抱着赶紧回家，说外面有队伍了。她这就往回走，到外边一看，当兵的已经乌央乌央的一片，全是国民党兵，每人后面背一把小铁锨，说要增援潍县，从济南过来，被解放军截下了，有成千上万人。这些兵一过来，直奔墓田。那时墓田大、坟多，石碑、松树，一片。挖开坟，棺材板子搬出来，骨头划拉划拉，人钻进去，躲里面。

快到王家庄时，一个女的打南边过来，她走得快，说那边已经不让走了，她是被截回来的，还问她是不是共军探子，她说不是，那些兵瞪着眼说，不是你还往这走啥，回去！这就赶紧回来了。

解存大娘走进王家庄，已到处是兵。大街上有座牌坊，她家在牌坊那边，牌坊旁架起了天线，有个国民党师长正在通电话，给家里。穿着皮靴，扎着武装带，别着手枪。怎么知道是跟家里通话呢？因为听他在电话里说，你儿子现在正在临淄王家庄，马上要跟共军作战了。声音很大，"哇啦哇啦"的，她听得很真。

她到家后，院子里已有兵，家里也被搜过。她叔在地里耪地，看到一片一片地往这过兵，耪锄也不要了，扔地里，赶着牛往家走，但牛走得慢，地又离家远，到家时，国民党兵已经进家了。那些兵一看她叔牵着牛进来，摸起根棍子，对着她叔就是两棍子，说他是共军的探子。她叔被打趴下了，嘴里流着血。她跑出来拦着，说不是探子，这是俺叔。家里人也跑出来。那些兵说，你叔，那刚才怎么不在？她说，这不去地里耕地吗，见要打仗了，刚牵着牛回来。

那些兵端着枪，刺刀东刺刺，西挑挑，到处找吃的。从地里把刚长出来的韭菜、芽葱、菠菜，贴地割回来，也不择，简单一冲，扔锅里，就用家里的锅炒菜、做饭。米饭蒸好，把家里大大小小的盆子拿过来，也不刷，盛上端到外边，给当兵的吃。院子里，也有直接用手抓的，吃得狼吞虎咽，跟好几天没吃饭似的，抢一样。

时间刚到中午，就打起来了。炮声、枪声，响成一锅粥。村里能跑的都跑了，不能跑的躲在墙角，男女老少，缩缩着身子，听天由命。国民党的飞机在天上飞，很低，都贴着树顶了，"哈拉哈拉"响，特别刺耳。炸弹一个个朝下扔。

西路家庄离王家庄七八里路远，解放军从村里锯了好多树，树冠朝向南方——王家庄的方向，在村南摆成一条防线。国民党飞机在天上盘旋，以为西路家庄神庙里有解放军指挥部，冲着就丢下一个大炸弹，炸弹没落进神庙，落到了旁边，一棵老大的松树被连根掀出来，炸出一个特别大的坑。

西路家庄北边的召口逢集，一架飞机飞过那儿，丢下一颗炸弹，碌碡那么粗，横着就从飞机里出来了，人们不知道啥东西，还仰着头看，当场炸倒一片。炸死的人中，寇家庄的就有一个。

西路家庄的老人说，那天看到王家庄那边火光冲天，尘土飞扬。西路家庄的房子也被震得一片一片朝下落灰。

旧物回声·
记忆中的乡愁

小孩哇哇哭，能跑的全都往北跑了，到召口那边逃荒去了。

解存大娘说，以前，乌河里水很大。王家庄东北有个龙湾，很大，水很深，里面绑腿、帽子、衣服、鞋，顺水一片。漂着很多当兵的遗体，有的是打死的，有的是淹死的。

卢家营子在王家庄北边，离王家庄一里来地，里面很多国民党兵。夜里，解放军摸进去了，双方在村里展开了激战，都红了眼，"咔咔"拼刺刀。寇家庄的一个老人被国民党兵抓去，牵着自家牛，给驮东西，看着双方拼杀，吓得尿了裤子，不会走了。战斗结束，解放军把他架起来，问清楚了，护送回了寇家庄。

她说，到处都是死尸，一个土坯坑里，一下就埋进去十二个。

国民党兵被截在这里，很难到潍县增援，打来打去，其先头部队才勉强渡过东边淄河，进入益都界。没法。到四月底，他们得知潍县已被解放，甭说走不动，就是去了，也根本没用了，剩下的，干脆逃回济南了。

有一个兵，像是国民党的，穿着军服，也没有枪，满脸黢黑，头发上全是土，一个人在街上晃晃悠悠地走，村里也没人敢过去问，偷偷看着，他边走，嘴里边"哒哒哒哒……"地嘟囔着。

仗打完几天后，要种高粱了，王家庄有一个人收拾地，从自家地里成袋子往外背子弹壳，到处都是炸弹坑。有一个迫击炮炮弹，钻墙里没响。两个小孩好奇，往外抠，大人也没注意，轰隆响了。一个炸掉好几根指头，一个炸去半拉脸。村里赶紧把两把椅子对起来绑好，抬着去了潍县。当地不行，潍县才能治。好歹把小孩救过来了。

她说从那以后，这里再没打过仗，了不得，还是现在好！

　　解存大娘的公公和美存婶子的公公是兄弟，她们属叔伯妯娌。人很好。我这次回西路家庄探寻，她们都给予了我很大帮助，使我收获颇丰。

　　这几年，西路家庄没人种地瓜了，地瓜井子用不着了，美存叔家的地瓜井却没有填埋，辘轳也一直这么架着，不是准备再用，已经用不着了，不会再用了，而是成为他们对往事追忆的载体，寄托一片浓浓的眷恋了。

　　如同前年，我父亲忽然找来几块木头锯锯，说要做一个挪步车，在屋地上玩玩一样，说是忽然想起我们小时候，在大街上推着挪步车蹒跚学走路的样子了。

　　怀旧，是一个关于记忆和曾经的概念，是一种永远都不会泯灭的文化乡愁。

旧物回声·

记忆中的乡愁

第四章　遍寻未见

黑白电视·土坯模子·棺材·粪篮子

黑白电视

　　从一开始，我就想在西路家庄找台黑白电视，以为这是个新一点的物件，应该还有，我遵循的是上学时老师教的应对考试的办法，"先易后难"，但事实却恰恰相反。恩存婶子让我找云亮哥，他是电工，村里的电视情况应该大体都能知道。有一天，云亮哥在家，我去找他，他想了想说，云山哥可能还有一台，别的都没了。我眼前一亮，有一台就行。第二天上午，正好街上碰上云山哥，他刚从外边回来，朝家走，说早被收旧物件的收去了。不几天后，恩存婶子又告诉我，魏旬禹爷爷家好像还有一台，我立刻带着相机兴冲冲过去，还是一无所获。

　　那曾给西路家庄带来无限惊奇与欣喜的黑白电视，还不到四十年，就这么无影无踪了？

　　西路家庄第一台黑白电视，是边皎华买的，一九八三年。

　　她是我初中到高中的同学，娘家寇家庄，嫁给了我们村清存叔。人长得漂亮，学习也一直很好，还在初中，作文就上过我们区里编的一本作文选，我们都捧着阅读，想得到最发愁的作文写作技巧，羡慕得不得了，但考大学她却没能上榜。

　　寇家庄要统一帮村民买电视，需要的，报名统计。电视黑白的，双喜牌，十四英寸①。边皎华问清存叔要不要，她娘家大哥说，如果他们要，可以帮忙给报上名。因为统

————————

　　①　1英寸为2.54厘米。

一买，一是好买，二是相当于批发，价格能便宜一些。清存叔说："要，咋不要呢？"边皎华跑到寇家庄，她大哥帮他们报上了名。

不久，电视买来了。清存叔到寇家庄搬了回来。拆开包装，看看说明书，插上电源，打开开关，调调，图像、声音都出来了。

黑白电视，在西路家庄村民家中出现了。

电视里正放《霍元甲》，这也是大陆引进的第一部香港电视剧，二十集，原名《大侠霍元甲》，香港丽的电视出品，徐小明导演，张华标编剧，黄元申、米雪、梁小龙、魏秋桦主演。一九八一年出品。

原先只有在看电影时，才能通过银幕见到的那些明星，一下子，坐在家里就能看到了，村民们觉得非常新鲜，都跑到清存叔家看，由于人多，清存叔家房子里挤得满满当当的。有一把椅子挤了好几个人，烂了，那是清存叔一九八二年结婚时做的一把椅子。

这不行！

正好天暖和了，清存叔就把电线扯到院子里，每天晚上，电视搬到院子里放。有的村民晚饭吃得早，惦记着电视剧里的剧情，清存叔和边皎华还吃着晚饭，就来了。清存叔便赶紧放下碗，把电视打开。不一会儿，电视机前就聚满了人。《霍元甲》的主题歌响了，粤语：

"昏睡百年，

国人渐已醒，

睁开眼吧，小心看吧，

哪个愿臣虏自认，

因为畏缩与忍让，

人家骄气日盛，

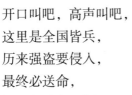

开口叫吧，高声叫吧，

这里是全国皆兵，

历来强盗要侵入，

最终必送命，

万里长城永不倒……"

电视前，顿时鸦雀无声。街上正朝这里走的，听到开始了，赶紧小跑起来，可不能耽误了！有的手里还攥着没吃完的煎饼，边跑边咬一口，"咔嘣"——里面卷着大葱。

年轻人，有的在家里吊上沙袋，有的蹲在地上，拳抱腰间，呼呼冲拳，嘴里"哈！哈！哈哈！"这里那里，不时哼起《霍元甲》的主题歌："昏睡百年，国人渐已醒……"咬着半拉子西路家庄味的粤语。村里呼啦啦，掀起一阵武侠热。

但清存叔家里毕竟不是电视俱乐部，大伙天天晚上都来看，还都是到很晚，总不是个事，人家有人家的生活。

清存叔的东邻是云珍哥，隔道墙，紧挨着。云珍嫂子对云珍哥说，咱也买一台吧。

云珍哥的妹妹云芝姐，婆家边辛村，正好也在统一登记报名买电视，便宜。云芝姐捎信来，问云珍哥要不，云珍哥便让云芝姐给报了名。也是黑白的，双喜牌，十四英寸。

很快，云珍哥的大儿子路绵森，骑自行车到边辛把电视带了回来。也在院子里扯上电线，晚上搬到院子里。

一些人，又挤到云珍哥家。

东边电视里"哈！哈！哈哈！"西边电视里也"哈！哈！哈哈！"立体声一样，回声嘹亮。

放《血疑》了，山口百惠和三浦友和主演的，濑川昌治、国原俊明、降旗康男导演。日本东京广播公司出品。

主人公的爱情，打动了西路家庄那些少男少女们的心。他们为幸子与相良光夫这对同父异母兄妹的爱而流泪，为幸子血癌的病情而揪心，夜夜提前端坐在清存叔和云珍哥家电视前，随着剧情发展，心揪揪着。二十九集的电视剧，让西路家庄的男男女女陪着流了二十九集的泪。

这是西路家庄村民第一次从电视上观看外国爱情电视连续剧，眼界大开，特别是山口百惠那双眯眯着的细细的眼睛，让他们记忆深刻，久久难以忘怀。

那时，电视都用自带的天线，信号不行，常常是看着看着，屏幕上就成了一片雪花，急得看的人边瞅着屏幕，边把天线扭来扭去。一下子，清楚了，赶紧把天线停住。一会儿，"剌啦剌啦"，又不行了，再扭。后来，干脆在院子里竖起了天线。

一九八四年春，元存叔也买回一台黑白电视，还是双喜牌，十四英寸的。西路家庄的电视越来越多，尺寸也开始变大。

云存叔、云亮哥，一起找西路家庄在临淄百货大楼上班、任百货大楼一楼经理的绪存叔，各买了一台双喜牌黑白电视，十七英寸。电视先由绪存叔挑好，留起来，然后捎信告诉云存叔和云亮哥，他们骑自行车带了回来。

云存叔、云亮哥之后，紧跟着，武存叔也找绪存叔买了一台。这家那家院子里，一根根地竖起了电视天线。它们，把西路家庄与世界紧紧地联系在一起。那些遥远的外国人的生活以及战争、灾害，一下子展现在西路家庄人眼前。从此，遥远的外国，不再遥远，而是仿佛近在眼前，咫尺之间。

一九八六年，刚收完麦子，父亲搬回来一台彩色电视，

旧物回声·

记忆中的乡愁

是我从北京一个叫通力的商店买的，正好博山一个姓张的个体老板开车到北京进货，让他给捎到博山，父亲又骑自行车从博山带回来的。这台彩电天津电视机厂产的，北京牌，十四英寸，开关是拧的，顺时针"咔吧"一声打开，逆时针"咔吧"一声关上。切换频道用按键，八个，相对应地可以调换八个频道。切换一个，把这个频道的按键按下去，正在播着的那个频道键"喀"地弹出来，频道切换过来了。音量大小用旋钮控制，顺时针拧，音量增大，反之则变小。

黑白电视才刚刚在西路家庄兴起，这台彩电又让西路家庄村民耳目一新。晚上，都跑到父亲那里，看彩电是个什么样子，感觉就是比黑白的要好，人，带色了，穿什么颜色的衣服，就是什么颜色，不像黑白的，甭管穿什么颜色，都是黑白的。

父亲也把电视搬院子里，晚上打开，供人观看。

黑白电视，立刻在西路家庄显得过时了，买了黑白电视的，思考着什么时间换彩色的，没买的，琢磨着如何一步到位，直接买台彩色的。他们询问父亲，电视从哪儿买的，多少钱，怎样才能买到。那时，电视有价，但市场上买不到，特别是彩电，根本不行。城里很多人为了结婚买台彩电，都东找关系西托人的，半夜到卖彩电的商店排队，何况乡下呢。不过，只要想办法、肯努力，还是能够办得到的。

一九八七年春，清存叔买回一台日本原装进口的松下彩色电视，二十一英寸。托清存叔的二嫂送存婶子买的，她在张店。

西路家庄开始进入彩电时期。先是大背的，然后液晶的，院里的天线也没了，临淄广播电视局统一架设了线路。

电视前，村民们不光看电视剧、欣赏文艺晚会，还关注政治、经济、军事、法律、外交、体育赛事等方方面面。伊核问题、半岛局势、上合组织、"一带一路"、乡村振兴战略、航空母舰、隐身战机，都能说个一二三四，七七八八。

父亲准备了一个硬皮笔记本，专门记录从电视上看到的名言警句，"钱财如粪土，仁义值千金""少年休笑白头翁，花开能有几时红""财上分明大丈夫，酒中不言真君子"。已记了满满一大本，没事时翻翻，有一些便慢慢记住了。说话时，不由会用一句名言对话题进行概括，非常精炼，恰到好处。

改革开放之初，武存婶子饲养进口白兔，近二百只，成为乡里有名的养兔专业户，乡里让她介绍经验，推动全乡各村村民发家致富。大礼堂里，她感觉有满肚子的话，却没能很好地表达，说得颠三倒四，因为从小没念过书，没文化，回来后，后悔得不得了。有电视后，她发狠，注意跟着电视学习认字，特别是有些歌曲，上面有字幕，她今天对、明天念，一时想不起的，就问武存叔。武存叔有文化。有时做着饭，手还在灶台上对一个字翻来覆去地划拉。经过这些年学习，她现在磕磕绊绊，基本能读报纸了。

随着村民知识的丰富、信息的增加、对世界的不断了解，生活观念随之也发生了变化，冰箱、空调、电饭煲、电磁炉、电热壶、手机、电脑，走进了西路家庄的家庭。西路家庄的生活用电，二〇〇〇年时，全村每月电费仅为三千元，二〇一〇年，上升至一万元，到二〇一八年，达到了一万六千元。加上农业用电，西路家庄一九七八年通电后，直到一九九〇年，全村只有一台五十千伏安的变压器，现在已又增加了一台四百千伏安的和一台二百千伏安的。电线杆的高度从最初的七点五米，到八米、十米、十二米，不断更换，现在是十五米。电线，也随之从十六平方米、二十五平方米、五十平方米、七十五平方米、九十平方米、一百一十平方米进行更新，现在变更为一百八十五平方米。进家入户的线路，全部实行了卫星定位，实现了一户一个智能电表。

黑白电视，走进历史的山山水水，成了西路家庄一个涉水而去的永恒的背影。

土坯模子

一九七八年秋后，西路家庄给俊可大爷在村西划出块宅基，长十七米、宽十五米。俊可大爷拉石头砌起房基后，从小张村的砖窑上以十七元一千块砖的价格拉来砖，同时打了一部分土坯，用炉灰掺上石灰和成泥，脱了一部分坯子，跟他的两个儿子云忠哥、云良哥，加上本家的两个侄子云庆哥、云兴哥，从房基石上自己朝上砌。村里有人路过，发现俊可大爷盖的房子房前墙全是红砖，一时引得大伙儿都来观看，然后啧啧称赞。其实，俊可大爷房前墙上的红砖，只有外面一层而已，里面配的还是土坯。但这在西路家庄，已具有划时代意义。

住西路家庄西北角上的云珍哥，老早就想盖座好房子，俊可大爷这种房前墙外表用红砖的方式，使他受到了启发，琢磨着，干脆也盖座红砖的。于是备好料，紧跟俊可大爷之后，动工了。五间房子的红砖，虽然仅仅是外表用，却也没那么多钱，只先盖了三间，西路家庄第一座外表全砖的房子诞生了，这是西路家庄房屋建造史上的一个颠覆性变革。从此，西路家庄的房子，进入砖瓦时代。

之前，西路家庄的房屋，除房基是石头，门口、窗口框架用青砖外，其余的全是土坯，叫"镶门镶窗"房，而这种"镶门镶窗"房子也才刚刚兴起了十几年时间。最早是魏子厚大爷盖的，一座小北屋。随后，杏存叔也用"镶门镶窗"盖了西屋。

而在"镶门镶窗"房子诞生前，西路家庄的房屋，除了房基砌一层大约四五十厘米高的石头外，整个房子没有一块砖瓦，包括房檐、房哨、房脊，全土坯。

土坯，是用土坯模子和石夯打的。土坯模子是长方形，枣木的，一头用绳子软固定，一头可以打开。两头一头一块可以抽插的挡板。石夯由夯头和夯把组成。夯头青石制，方形，上面有个方空，安一根立柱，柱顶上横一木头作为两手提着打的把。整个夯约六七十厘米高。这个尺寸很有讲究，得恰到好处。高了，用不上劲；低了，又太弯腰，累。

石夯

打土坯是个力气活，需两个人配合。把模子放在一块至少约六七十厘米宽、八九十厘米长的平整石头上，一个专门朝模子里上土，一个专门提夯打。一般一天打三百六十个，叫一垛，然后多打上几十个，放在垛顶上，凑成四百来个，再多就不打了，太累。

上土的在土坑里，朝一个一边开口，如同一个长簸箕一样的木斗里盛上湿土，然后从旁边盛着做饭烧出来的草木灰的篮子里抓一把，往模子四周一甩，防止湿土粘模子，接着把木斗里的土搬起来，倒进模子中，整个程序就完了。下面再盛土，重复以上程序。整个过程必须干净利索、一气呵成，不能拖泥带水。

提夯打的，在土倒进模子后，先走上去，站模子里土上，背着手用脚踩一踩，再下来摸起身旁的石夯，用力"乒乒乓乓"打，每个土坯基本上重打五夯左右，然后轻打几下，确保打实、打靠。提起夯来，朝模子外一转，夯头顺势把这头扣着挡板的机关打开，敞开模子搬土坯，朝土坯垛上摞。上土的立刻接住打夯的打开的模子，用一块挡板刮一下模子里黏着的土，上土。

兴打土坯时，村里打得好的人很多，他们力气大，技术也好，云德哥就是其中之一。他打土坯舍得下力气，穿着退了色的红秋衣，弯腰挥动石夯，夯打得稳、准、狠，看似不紧不慢，但一夯是一夯，且自始至终都是这个节奏，摞起来的土坯垛也不容易倒。所以谁家要盖房子打土坯，都乐意找他，这成了他的一门手艺。

他一直到前年去世，都是单身。曾有过妻子，但仅仅登了记，还没置办酒席，女的就不跟他了。女的是功存大娘的娘家侄女，来功存大娘家看她姑，被云德哥的母亲看上了。功存大娘和云德哥的母亲是叔伯妯娌。云德哥母亲找功存大娘，叫给云德哥介绍介绍，老大不小了。功存大娘怕侄女不同意，迟迟没介绍。云德哥母亲就一遍遍来找，说成不成的，介绍一下又耽误不下多少工夫，指不定是个缘分呢！功存大娘觉得是这么个理儿，给介绍了。没想到女的和云德哥竟都没意见。于是处了一段时间，登了记。

村里人都以为，过不了多长时间就该办喜事了，记都登了，法定了，都盼着。可盼来盼去，不但没办事，女的反而在娘家那边跟另一个男的过上了，还生了个男孩。这算怎么着啊？功存大娘气哼哼地拐着一双小脚，找她侄女质问道："丢不丢人呐你，嗯？还有没有点良心？"女的说："姑，我不在意他丑俊，也不在意他穷富，可他，你去问问，我能跟他过吗？不如守寡！"功存大娘蒙了，找云德哥问，咋回事啊？云德哥满脸通红，支支吾吾。功存大娘就知道，这方面的事，不好再问了。

可农村里，男的找个媳妇不容易，云德哥又这么大了，早过了找媳妇的最佳年龄。家里和亲戚琢磨着，既然女的不肯来，那就来硬的，已经煮熟的鸭子，还能让飞了不成？便从西路家庄找了一些人，决定悄悄去抢，能把女的和孩子一起抢来最好，如果抢不来女的，把孩子抢来也行，好歹给云德哥"留个后"。乡村的婚姻，即使到现在，有的也还是为了传宗接代、延续香火，把将来能有子孙一代代繁衍、连绵不断，好逢年过节给上香烧纸，对已经驾鹤而去、成为"鬼魂"的先祖进行祭拜，作为信仰，说什么"不孝有三，无后为大"。于是，一个有月亮的夜晚，他们赶着马车出发了。

到离女的村不远，派人先进去看了看，确认女的在家。他们把马车停在原地，都进了村。没承想，街上竟忽然多出一些人来，他们赶紧停下，以为事情泄露了，女的家里有了防备。一问，却原来是云德哥的表哥找来的一些人和云德哥的舅找来的一些人，大伙目的是一样的。他们立刻进入女的家，朝上房而去。虽然努力做得轻手轻脚，还是出了动静。"谁？"里面有人开门问，他们只好答话。女的一听，抱着孩子就跑，但立刻被拦住了，有的拽孩子，有的拽女的，相互撕扯起来，旁边一个萝卜窖子，混乱中被踩塌，好几个人都"呼腾"掉了进去，一头一脖子的土。孩子"哇哇"地哭，被从女的怀里抠了出来。

女的村里很多人听到动静赶了过来，去的人只好抱着孩子朝村外跑，将女的放弃了。被追进一个苹果园，猫腰跑了一段时间，追的人被甩掉了，于是绕过荆山，回了西路家庄。

孩子抢来了，怕再被抢走，东躲西藏的，但仅过了几个月，就又被抱走了。法院判女的跟云德哥离婚，孩子归女方。

婚姻的不幸，对云德哥是个打击。此后，他基本都是独来独往，很少再走入人群，看到人，都是低头从旁边默默走过，一年一年，然后独自走完了他孤独与苦闷的一生。

用土坯盖的房子，密檩木门，密檩木窗，麦秸盖顶，麦穰泥抹墙。房内光线昏暗，一点也不敞亮。以前麦子收成又不好，麦秸少，房上盖的麦秸不是非常薄，就是一连好几年都得不到及时更换，朽了、烂了，麻雀觅食一刨，到处都是坑，遇到连阴雨或大雨，房子不是滴滴答答漏水，就是直接倒塌了。

有一年，发生涝灾，烤烟

群丛哥家老房子上的密檩木门

房的火坑里都汪满了水，安上拧不够，朝外拧，拿水桶一桶桶不停地刮。南洼地里的牛蹄印中都有虾。大水漫过乌河上的桥板，鱼不时从这边直接跳到那边。四周一片蛤蟆声，夜里响作一团。阶存大爷的灶房是两间土坯东屋，解存大娘说，正吃着饭，眼瞅着雨顺着山墙流下来，房顶上一块块往下掉泥皮，赶紧朝外拿东西，锅碗瓢盆、水壶油瓶、菜刀擀面杖，还没拿完，房顶就塌下来，山墙出溜一下倒了。

用砖瓦盖房后，土坯房很快被淘汰了。现在，西路家庄里那种全土坯的房子已经没有了，"镶门镶窗"房子倒还有几座，除了个别的尚有人居住外，都闲置着，甚至被废弃了。村中心那里还有一座，天天锁着门，除了春节还贴一贴春联，平时再没人到院里去。我扒着门缝冲里看了看，一地衰草，还有落叶、尘土，全然没了往日的生活气息，一只卧在地上的猫在门缝里边被我惊扰，"嗖"地蹿上里面的东墙。这座宅子是增华爷爷的，他活着的时候当过公社干部，曾给村里办过不少事。

一九七〇年，寿存叔到三十里外的西关集买了根木头，柳木的，长四点七米，直径二十七厘米，花了十二元，用生产队的地排车拉着。走到大路家庄，被路山公社市管所的看到了，说寿存叔搞投机倒把，让拉到市管所去。寿存叔说不是，自己盖房子用，当梁。市管所的说，当梁，谁能证明？先拉到市管所再说！寿存叔只好拉过去。木头、车，全给扣下了。

寿存叔出来，蹲在市管所门口，两手抱膝，琢磨着该怎么办。

那时，国家物资紧缺，对粮食、棉花、肉食、烤烟、皮革、钢材、棉布、木材等严禁私人贩运、买卖，否则按

旧物回声·
记忆中的乡愁

投机倒把论处，轻则东西没收，重则逮捕法办。

有一年，西路家庄宗仁爷爷、孟存叔、寿存叔，还有我父亲，到四十里路外的兴福给生产队籴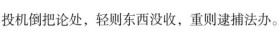豆子，回来榨油。那时村民吃豆油都由生产队分，一般每人每年二两。装瓶子里。不够的，差不多都是自己想办法，攒攒钱，再到公社肉食店割块肥肉，炼腥油，盛到一个四鼻子小罐里。吃时，从橱子里拿出来，筷子蘸出一点点，白白的，放油锅里，作为吃豆油的补充。

分豆油，得有豆子。生产队里都种豆子，春天耩上，秋天收割。一旦没种或种得少，就得到集上花高价籴。

宗仁爷爷他们在兴福集上来回走了几趟，看好豆子，打好价，交钱时，被兴福市管所的看到了，说他们搞投机倒把，扰乱市场。四人被带到了市管所。二百七十元钱没收。他们在市管所里讲了半天，但人家根本不听，说如果不是，你们到当地市管所开证明来。四人只好垂头丧气，回来找路山公社市管所。

路山公社市管所听他们讲清楚后，同意开证明，但市管所所长把证明写个开头，团一团扔了，一连好几遍，地上都摊了七八个纸团，还没开成。所长姓钟，文化水平不高。

孟存叔见此，小心翼翼地说："我替你开行不？"他读过书，有文化，毛笔字写得非常好，后来教书，先代课，教四五年级语文，一年一年，最后转成了公办教师。现在已经退休，到博山了。孟存婶子在那里退休的，从一家陶瓷厂，在那里有房子。

钟所长看了看孟存叔，把信笺纸、笔交给了他。

---

① 籴，买进（粮食）（跟"粜"相对）。

孟存叔斟酌斟酌，写好了，给钟所长看。钟所长反复瞅了瞅，拉开办公桌抽屉，取出章，冲上面哈哈气，盖上了章。

宗仁爷爷他们以为这样就行了，派两个人到了兴福市管所，对方拿过去看了看，问："这是钟所长写的吗？"答说："是！"对方说："不可能！"两人蓦地愣住了。对方说："钟所长要写，不是这样的口气。而且字体也不对。"他们只好承认是代写的，经钟所长同意，然后由钟所长盖章的。对方翻来覆去看了看，说："章倒是真的，先放这吧，我们核实核实。"一直折腾了好几趟，才在两个月后，把没收的二百七十元打到路山公社市管所。寿存叔去把款领了回来。他是会计。

直到一九八三年，国家才开始放宽政策，对部分商品允许贩运，长途、短途不限，经营方式不限，可以批发，也可以零售。国营、集体、个体均可。

寿存叔在市管所门口想来想去，忽然想到一个人——宗华爷爷，他是西路家庄的，在公社当干部，找他肯定行。去找了，人却不在，到分管片的一个村去了。那时没有电话，没法联系，寿存叔只好先回了家。黄昏时又去了，宗华爷爷回到家，听他一说，说不要紧，我知道你盖房子用，明天我跟市管所的人说说。可接下来，两天没消息。

寿存叔琢磨着，到底怎么样了呢？又不好意思直接到宗华爷爷家问，就在宗华爷爷傍黑差不多回家的时候，在街上来回走，期待着做个正好碰上的样子，然后问一问。四五天后，还真碰上了，宗华爷爷老远就问寿存叔，木头拉来了吗？我这几天忙，也没顾上问你。寿存叔说，还没呢，叔。他叫宗华爷爷叔。宗华爷爷说，赶紧去拉吧，我都跟市管所的说了。

木头被寿存叔拉了回来。

用这根柳木当梁盖的房子如今还好好的，寿存婶子领着，让我看，并特意让我看那根柳木梁。

寿存婶子是个热心人，我回西路家庄探寻，第一家就是去的她家。她娘家朱台，一九五八年跟寿存叔结的婚，六十多年的雨雪风霜，那曾经俏丽的脸上，已满是沧桑。她是西路家庄较早拥有缝纫机者之一。一九六七年，青岛产工农牌。会做衣服后，她和寿存叔商量做张桌子铰布料。寿存叔从院子夹道、柴火垛旁找了些胳膊粗细、一两米长的木棍，有楸木、杨木、臭椿木、槐木等，找来木匠，于一九七五年的一天开工了。一张桌子，两个木匠，一人一天一块钱，忙活了三天——木棍太细，解木料太耽误工夫。所有能用的木料全都凑合着用上后，一个抽屉上还缺一块木板。寿存叔找来找去，实在找不出了。寿存婶子的娘家和魏子厚大娘的娘家一个庄的，两家平时走动得不错。寿存婶子让寿存叔到魏子厚大爷家找来一节木棍，才做成抽屉。这张桌子现在还在。

得知我在满村里找土坯模子后，有一天，大街上，寿存婶子看到我，老远就对我说，你不是找土坯模子吗，左存叔家好像有一个，还告诉我，华存婶子家有个升。

我抽空到左存叔家去了。左存叔正好在，他这几年腿有点毛病，瘸着从屋里出来，说模子没了，有个夯，叫左存婶子拿出来让我照。这个夯还能用，几天前，左存叔还用它夯过地上的土。我转过来，转过去，多拍了几张，各种角度的。模子已经消失了，还有穿着褪色红秋衣打土坯的云德哥，那个孤独的人。在传统意义上的乡下渐行渐远、并将最终消逝的现代化背景下，我为这些旧物件拍照，好让乡村留下一份记忆，它是我们前行的证明。

棺　　材

　　记得二十世纪七十年代初，杏存叔家有一口棺材，放在大门门洞东侧，里面有块石头，我到他家玩，进大门就从那旁边走。棺材水泥的，齐家庄的两个匠人做的，用了两袋子水泥，为宗令爷爷准备的。以前，家里有老人，条件还又好点的，一般都提前准备下棺材，老人还要穿上寿衣，进去躺躺，试试看舒服不。

　　章武老爷爷是杏存叔的爷爷，老早就备下了一口，上好的楸木，四寸厚，就在他睡觉的土炕旁。他自己住在杏存叔家东院，一口西屋中，门东边一棵楸树上有个喜鹊窝，每天一大早，我们都能听到树上喜鹊的叫声。进屋门，桌子后面条几上摆着一溜从闲院子里、南边坑塘旁的垃圾中拣来的瓷瓶片、破碗等物件，上面有花朵、小人，或别的图案，非常漂亮。我、云海、云秋，经常去站在桌子旁，趴桌子沿上一件一件看，章武老爷爷坐桌子旁的椅子上，有时坐一个因年限太长而亮汪汪的高马扎上，抱着根发亮的木拐棍，手捋胡须，非常满足地看着我们，有时还给我们介绍，哪个是新拣的，从哪里拣的。现在说来，当时，他应该是个民间收藏家，拣的那些物件，要搁现在应该值一些钱，很多都是明清时期的陶瓷残片，最晚的也是民国的。新的他不拣。拣来的，他也要进行遴选。可惜后来，他一去世，都被当做垃圾扔掉了。乡村基本都是这样，老人去世了，生前的东西，除非值一些钱的，一般就被处理了，包括衣服和被褥。

他很早就吵吵着，让他孙子杏存叔给做个特别的床，说死后用，嫌棺材闷，不透气，睡里头憋得慌，叫坟旁修个门，到时把他放床上，从门里推进去，封上。杏存叔不同意，说人死了还喘什么气呀？再说了，就是打张床，推进去，砖一砌，不还照样不透气吗？章武老爷爷就让做了棺材。这口棺材，那年杏存叔家第一个婶子跳井后，她娘家曾一再要求使用，因这棺材好。后来经过协商，买了宗义爷爷家做的一口进行了安葬。

　　给章武老爷爷砌坟时，为了省钱，用的是祠堂上拆下的青砖——当时正好祠堂倒塌了，章武老爷爷的坟又在村东。砖虽是旧的，但由于对每个面都进行了打磨，所以跟新的一样，寇家庄两个匠人砌的。

　　早先，西路家庄这里老人去世，兴修大坟，特别是家庭富裕一些的，好的有审棺屋子坟、石匣坟、四架楼子坟、前后楼子坟等，墓室宽敞，坟头老高。坟前立着用整块青石刻的、有整块门扇那么大的石碑，每个面都打磨得十分光滑。二十世纪六十年代末、七十年代初，西路家庄统一扒坟，这些坟扒开后，里面有砖雕、彩绘的门楼、仕女，还有西瓜、葡萄等水果。陪葬着黄铜水烟袋、锡壶、银圆、铜钱、瓷瓶、瓷盘、瓷罐等器物。后来，坟里面的砖抠出来，盖机井屋子了。石碑，做了小桥的桥板，砌代销点的柜台、灌溉渠了。黄铜水烟袋、锡壶、银圆、铜钱，拿到代销点，当废铜烂锡换糖块、香烟了。砖雕、瓷瓶、瓷盘、瓷罐，全在村办公室的院子里，砸了。

　　不但坟要修大，棺材也要厚重，很多人便用松木。章海老爷爷活着的时候，提前备下了一口松木的。他是个光棍，宗方爷爷过继给了他。棺材特别厚。他喜欢说笑话，有一回，山上种地，耩高粱，别人跟他开玩笑说，你打的那个熊棺材那么重，将来你死了，一甩手倒是躺里面舒服了，别人能抬得动吗？他说我不会在里面飘着脚吗？一九六九年，章文老爷爷去世，棺材也是松木的，我大爷和宗义爷爷做的。其实早就做好了，嫌占地方，没装起来，临时装一装。出殡时，把下面垫的一根板凳都压断了。有的棺材虽然不是松木的，由于棺材板厚，也特别沉。新中国成立后不久，章奎老爷爷去世了，棺材是西路家庄这里最好的木料，楸木，六寸厚，里面衬上土坯，把章奎老爷爷入殓在里边，停放在了他家西屋中，房门、窗户全用土坯砌起来，只留下一个小小的通气孔，一待三年。出殡时，棺材根本没法朝外抬，只好在地上铺一些差不多一样粗的圆木，很多人拽着棕绳，朝外拖。原先出大殡，兴看，狭窄的街道里挤满人。章奎老爷爷是晚清武秀才。西路家庄是个小庄。郝家庄来看热闹的人挖苦，这是想把西路家庄的男人都压死吗？足见这口棺材多么重。

那时的棺材，有到棺材铺买的，也有找木匠做的。做棺材最离不开的一样工具，是锛，有着扁平的锛头，长把。棺材上好多地方，别的工具做不了，特别是棺材盖，顶上带点弧形，冲上鼓突着，里面则朝里凹凹着，没有墨线，就由木匠凭经验和感觉，把木料放地上用锛刨。一般的木匠做不了。章顺老奶奶做棺材，请的北乡的三个木匠，有一个木匠用锛刨棺材盖时，锛刃上夹了一块木片，木匠图省事，没把木片拿下来，想带着一刨，顺便刨掉了。没想到木头滑，一刨溜了，锛刨到腿上，立刻现出一个大口子。那时，没有现在这么多医院，看病得跑出很远。木匠又为了省事，不想耽误挣钱，从村里找来个跳大神儿的，拿清水漱漱口，在一个茶碗里倒上水，毛笔在茶碗里蘸蘸，冲着太阳画圈，嘴里念念有词，一张纸上写上些奇怪的字，烧成灰，放茶碗里，让那个木匠喝掉。现在看来挺愚昧的，那个时候村里人却不这么认为，都信。其实，说到底只是一种精神安慰。木匠做完棺材，回去时间不长，就去世了。这个跳大神儿的姓王，后来举家迁走了，再也没有回来过，失去联系了。

西路家庄最后一个会做棺材的木匠，是文存叔。文存叔手巧，专门负责做棺材头，雕仙鹤，刻寿字，一刀一刀，干净漂亮。他在一个单位给人家看门，每月八百元。他有时会从床底下拿出一个纸包——当年雕刻用的各种刀具，给别人介绍这把干什么用，那把干什么用。全都布满铁锈，失去了早先的锋芒。他说他要扔掉了，已经用不着了，以后没人用了。

文存叔雕棺材用的工具

文存叔不仅会做棺材，还会打铁。一九五八年，他在联合厂干过红炉工。有一次，寇家庄想把一架水车轮子退下来，改造后，以蒸汽机做动力，带动磨面机磨面。好多人用大锤，砸了半天水车轮也退不出来，把文存叔请去了。文存叔看看说："你们这样砸不行，越砸轮和轴铆得越紧。"人家问："那怎么办？"他说："有木柴没有？"答："有。"他说："拿来。"指导大伙儿将水车放好，架起木柴，烧车轮和轴承连接部位，差不多后，他叫人上锤子，几锤子便退了出来，从此声名鹊起。

他还会给人家盖屋放盘子①。自学的，见别人放，慢慢会了。以前，没有水平仪等测量水平线的物件，他把房基上刨一条浅小的水沟，轻轻往里放水，根据水位高低，掐一根草，测量水平线。但水沟挺长，有的地方水渗得快，有的地方慢，而且水下面是泥，也不好掌握，他就在两头下边各放一块平整的瓦片。往往要经过好几次测量，才能确定。最难的是确定南北方位，没有指南针，只能根据经验和感觉，在地上插一根筷子，根据正午太阳照射筷子的影子，然后拿块小石头，拴上线，当坠吊，眯起一只眼，翻来覆去对比、寻找方位。先是给人家盖院大门放盘子，然后盖屋放盘子。

他说，盖房子有很多讲究，不能违反。比如，门和窗户上面，第一层砖中间那块，你不能是丁的②，必须是横的。因为要是丁的，就形成"丁橛"，"丁橛"谐音就是"丁绝"，意在咒人家以后再没男丁，香火断绝。人家会让你拆了重砌，弄不好还会对你大骂一顿，你还必须得挨着，不能反驳。这就是规矩！

还有就是出现一些小问题时，要能及时解决，不能出现遗憾。他有一个朋友盖房子，最底下一层房基石铺低了，来找他，问怎么办。他说，再砌基石时，你朝上提五厘米不就行了？可砌时，三个角都朝上提了，独有一个角忘了。当时看不出，当基石砌成，上边的一层闸砖安好，主家一看，怎么不对劲呢？匠人这才想起忘提了！这怎么弄啊？

---

① 确定屋基的南北东西方位和基石的水平线，西路家庄叫"放盘子"。
② 竖的，西路家庄说丁的。

刚砌起来的基石，又不能扒，不吉利。文存叔给想了个法子，说你盖时，把这个角朝上提五厘米，用灰缝找，让整个房子上面平，不就行了？整个房子起来后，人注意的是房子上边，谁还瞅底下呢？只要上面平，底下也就看不出来了。主家照做了。结果房子盖起来后，不知道的，确实根本看不出。

文存叔这辈子做的最冒险的一件事，是卖黄表纸。

改革开放后，村里请来个老师，指导刷黄表纸、卖黄表纸。他和云国哥每人领上两令半，用自行车驮着，往南边去卖。一令五百张，挺重。云国哥说，郭庄我有个亲戚，咱到那里住一宿，第二天正好南麻集，去赶集。他们朝郭庄赶，为了抄近道，走的是山路，全是小道，在崖顶或山谷里绕。能骑的地方骑，不能骑的地方下来推。太阳快落山的时候，到了离郭庄不远的一个地方。云国哥说要过一条河，河上有船的，可他们到了那里一看，没有。河面约九十米宽，在一条弯弯的山谷里。从这边，到那边，弯弯的，有一片冰，冰的左右两边全是水。到底水多深，冰多厚，他们无从知道。怎么办？回去，走不了多远天就黑了。摸黑走山路，又不熟，非常危险。可要朝前走，只能从这片冰上走，也很不安全。他们坐在河边，琢磨着是返回去还是朝前走。这时，有一个人从对面踩着冰过来，走了。云国哥说，应该没问题，咱们也过吧。文存叔说，那人是空手，咱们可有自行车，车上还有纸。云国哥说，只有过，试试吧！我在前，你在后，拉开十米。他们把自行车放倒，把黄表纸重新捆在放倒的自行车后轮上边，留出一点绳子，扯到前边，用手拽着，趴冰上，一步步拖着自行车往前爬。他跟云国哥商量好，小心听着冰的响声，如果出现断裂，立刻扔掉自行车往前爬，命要紧。九十来米宽的冰，用了半个多小时才爬过去。当他们爬到对面，相互帮着将自行车推到上面，棉袄全被汗湿透了，两腿发软，止不住地抖。

他说，谢天谢地冰没断裂，否则就得葬身冰底了。他们在云国哥亲戚家住一宿后，第二天去了南麻集。赶了一天集，吆喝得嗓子疼，却仅仅卖了八角钱。纸不行，人家都不认。人家那里卖黄表纸的点上黄表纸说，看我们这纸，一点，边烧灰边朝天上飘，烧完地上几乎没什么东西，竹子做的。你再看你们这，烧时灰在地上原地不动，烧完，灰一片一片，硬硬的，瓦片一样，麦穰做的。

回来他们就绕道博山了，虽然远出很多，但好走。吃一堑长一智，他们受过教训了！

二〇〇四年，文存叔起了重新整理和续写西路家庄路氏族谱的念头，由此开始查找资料，到一百六十多里以外的邹平县好生镇等处走访、调查，花费七年时间，整理出第一稿。他说，从路遵开始，西路家庄路氏都是单传，直到第六氏先祖，才生了三个儿子。十三世祖的祖坟在荆山上，早先有四棵白杨树，所以村里对那个地方就叫"四棵白杨树"。到十四祖时，坟又修到了山下。有一个葬在了村西的墓地，叫"西坟"，慢慢地，扩展成一大片。后来都扒了，种地了，什么也找不到了。

文存叔跟我交谈后不久，有一天，我在村里探寻，听说他去世了，我一阵错愕。那天正是个雪天，雪花纷纷扬扬，村子一片白茫茫。我回到父亲的房子里，打开文存叔跟我的交谈记录，一页页翻看，仿佛他依然坐在他的那张床上，不紧不慢地在对我讲述，那音容，那笑貌，历历在目，可已经阴阳相隔。

唉，人呐！

文存叔生于一九四二年，五岁时，父亲去世，是他母亲把他和两岁的弟弟武存叔拉扯大。他三十岁时，文存婶子患白血病去世，此后一直没有再娶。文存婶子去世时，文存叔的大儿子七岁，小儿子两岁，是他母亲帮他把两个儿子拉扯大的。现在西路家庄西北那一排排红砖红瓦的房子，基本都是由他放盘子盖的，那是他生命的最后绝响。

真后悔没给他照一张相。

杏存叔给章武老爷爷砌坟用石灰，本来附近有石灰窑，但杏存叔的父亲宗令爷爷认为，岭顶石灰窑上的石灰好，非叫杏存叔去岭顶推一车，杏存叔只好跟生产队请假，推着独轮车去了。一边捆着一个苇箅编的篓子，兜里揣着俩地瓜面黑窝头，还有几根香椿芽咸菜、一头大蒜。天不亮走的。岭顶在西路家庄西南方，来回至少得七十里，怕不早走，当天回不来。

尽管杏存叔紧赶慢赶，到那里还是上午十点了。交上钱开出单子，看着过磅，把四百斤石灰装车上，跟人家石灰窑上讨碗热水，蹲在独轮车旁，喝着水，就香椿芽咸菜、大蒜，狼吞虎咽地吃完窝头，赶紧套上车襻，架起车急匆匆往回赶。因为早晨天还好好的，现在有点阴。同时也想早点回家，晚了黑灯瞎火的，不方便。

走着走着，雨还真下起来，先是零零星星滴雨点，刚过了金陵镇，竟有些密了。

石灰怕水，见水粉①。而且他用的是苇箅篓子，粉了的石灰会顺着苇箅的缝隙，通过雨水，沥沥拉拉流出来，那样就白花钱，也白耽误工夫了。

已经走出挺远，不好返回金陵镇避雨了，而且如果雨下大了，即使返回金陵镇，估计石灰也全完了。杏存叔决

---

①　石灰遇水会发生化学反应，变成粉状。

定继续往前，虽然还有十几里。这时，篓子里的石灰开始"啪啦啪啦"不停地粉起来。杏存叔没处躲，也无法避。四周还没有一个人，特别无助。因为是家中独子，平时又比较娇惯，他不由哭了。不能眼看着让石灰粉掉啊，前后左右找了找，地里有一块破麦秸苦子，赶紧捡起来，抖抖上面的土，盖在一个篓子上。还有一个篓子，怎么办？把上衣脱下来，光膀子给盖上了。

路慢慢变得泥泞，车轮粘上泥，难推起来。脚上也是，一溜一滑。走走还得甩甩苦子上的水，拧拧篓子里的上衣。

杏存叔不禁满腹憋屈，一抽一抽地哭起来。雨水伴着泪水，模糊了双眼。世界那么大，人那么多，这条路上，却只有他一个推着一车石灰、冒雨前行的人，而且，前方也一直没有他望眼欲穿盼着的、来接一接他的家人。

头上有点凉了，又把上衣从篓子上拿起来顶着，心想由它吧，自己先不挨淋、保护好身体要紧，可刚不几步，又心疼石灰，赶紧把上衣盖上。

杏存叔哭着，走着。傍黑，终于把没顺着篓子缝隙流出来的四百斤石灰推回了家。这是一车令他一辈子都不会忘记的带着泪水的石灰。

我跟杏存叔电话联系了两次，来到了杏存叔家，想问一问当年他用水泥做的那口棺材后来到哪儿去了，他说："早砸了。"

水泥棺材做起来不几年，开始要求火化，不让土葬了，他给棺材填上土，灌上水，搁院子里养藕。藕根本不长，白耽误工夫。他把棺材砸碎，扔了——搁院子里太占地方。

村里最早宣传火化的，是小学的梁老师，上边发了一些彩色宣传画，她用糨糊贴在小学外面的墙上，上面有火化炉、火化等一些画面，介绍火化的好处，大红字写着

"移风易俗，实行火葬"。

梁老师是从召口调到西路家庄小学教书的一个老师，她有一个儿子，两个闺女。大闺女在青岛，叫徐岚，个不高，有点像电影《英雄儿女》里的王芳，梳俩小辫，一笑，脸上一边一个酒窝。有一年，元宵节回来，到她妈梁老师这儿，给我们家送来十几个元宵，手绢包着，解开放到母亲端过来的一个粗瓷大碗里，告诉母亲是生的，煮熟才能吃，还讲解怎么煮、得多少水、需要多长时间。我们家第一次吃到了元宵。

实行火化后，以前的坟已经扒了，又不能再用棺材了，棺材，便从西路家庄消失了。

到二〇〇五年，八十五岁的宗令奶奶去世前，受传统观念的影响，嘱咐杏存叔用家里的一个箱子做个棺材，说睡骨灰盒里太小，伸不开腿。一个箱子怎么能做棺材？杏存叔到外面寻寻觅觅，给买了个一米来长袖珍的，把宗令奶奶的骨灰盒放里面，了却了宗令奶奶的遗愿。这个棺材，虽然具有棺材的样子，但与真正意义上的棺材已经相去甚远，根本不是一回事了，顶多算个模型。

粪　篮　子

早先，西路家庄家家都有个拾粪用的粪篮子。粪篮子由粪桶和框架两部分组成。粪桶是一个带底的圆桶，直径大约五十厘米，九十来厘米高，用绵槐条子或竹篾、苇篾编成。框架由一个口朝下、弯成U形的木把和一个A形的木托组成。粪桶放在木托上，桶口朝向"A"的两个开口，木把的两个头夹着粪桶，固定在木托"A"的两个开口上。木把顶上的圆弧中间偏向外侧一点，拴一根铁丝或绳子，拉到"A"的尖处，并固定。出去拾粪，左胳膊伸进木把的圆弧，把粪篮子背肩上，再拿上一把粪铲子。

"庄稼一枝花，全靠粪当家"，没有肥料，庄稼长不成。以前，种地没化肥，到一九五五年，西路家庄实行高级社时，上边偶尔才给拨一点点肥田粉，用独轮车推来，兑上水化开，用带喷头的水桶朝烟苗上洒。太少，别的庄稼享受不到。所以，主要还得靠土杂肥和人与动物的粪便。

以前，西路家庄两个生产队，每个生产队牛棚旁都有一个沤粪池，约五十米长、二十米宽、三米深，青石砌成。平时，牛棚里的粪便、牲口吃剩的草渣等，全都铲进去，再从土场推来一些黄土掺上，放上水，沤着，庄稼需要肥料时，起出来运到地里。

每家每户也都有一个设在猪圈里的粪坑，猪的拉尿、还有打扫院子产生的生活垃圾、洗洗涮涮留下的污水，全都放里面，跟生产队的沤粪池一样，沤着。每过一段时间，主要是春天栽烟、栽地瓜，秋天播种小麦时，生产队会派人来起。一般三人一组到一户家中，一人下到粪坑里，拿铁锨把粪铲到一个用绵槐条子编的圆形悠筐中，另外两人用杠子朝外抬，就近倒在大街上、一个不影响通行的靠墙根的地方，连成一溜。每朝外抬一筐，就有一人负责在猪圈墙上用粉笔或瓦片划一下，组成一排排的正字，起完后，告诉这户人家，一共多少框，同时，也告诉生产队负责记录的。每户里起出来的粪成色是不一样的，有的猪粪和生活垃圾等多，沤的颜色黑，气味也格外熏人，生产队会待都起完后，组织几个有威望的人，一家家逐一评级，然后以各家评的级乘以筐数，记工分。

旧物回声·记忆中的乡愁

厕所中的粪、尿罐子里的尿，生产队也有人隔不几天来挑，有专门的桶，拿着木杆秤称，记工分。不用担心谁会在尿里掺水，大伙儿把诚信看得比生命都重要。一个村里住着，最怕坏了名声，否则会遭到排挤，很难再在村里立足，儿子找媳妇、闺女说婆家都没人肯介绍。就是有人介绍了，一打听，也难成。

"工分工分，社员的命根。"为了挣工分，人们便都拾粪。有自留地时，也为了种自留地。

那时，村里运输、耕种不像现在，全是机械，那会儿除了人力、就是牲畜。牲畜多，路上粪便就多。村边子上，北边那条东北—西南走向的土路上，背着粪篮子拾粪的，来来往往。常常，一辆马车路过，马或骡子拉了粪球，好几个拾粪的拿粪铲子，各自朝自己粪篮子里扒拉。

拾粪，成了西路家庄的一种习惯。

村里偶尔放电影、演节目，会看到有人背着粪篮子站一边看，旁人也不会捏鼻子，或躲到一边，而是你看你的，我看我的，互不妨碍。有时东邻或西户两口子吵架，闹到街上，会来一些人劝，其中不乏背粪篮子的，说说这个，批评批评那个，两口子气消了，回家了，人们散了，背粪篮子的也寻寻觅觅地，走了。

有的不但赶集背着，就是走亲戚也背着。到亲戚家门口，朝旁边一放，进去了，有要紧的事，三五句说完，出来背上，走了。没急事，就是来串门，则喝喝水，或吃顿饭，然后再走。外村来西路家庄走亲戚的，很多也都背着。志存叔的老丈人就是，差不多每回到志存叔家都背着。他拾粪，挣工分是一方面，主要是喂猪，他喂着好几头猪，还有一头老母猪，每年都生一窝小猪仔。人都没得吃，哪有什么东西喂猪？他就指望用拾来的粪，兑上水，拌上牲口粪，搅一搅喂。一年能收入部分钱。宗忠爷爷家的薰英姑父每回来宗忠爷爷家，也都背着。

拾粪的一般都知道一些地方。西路家庄神庙北侧，那条东北—西南走向的土路旁，原先有两个废弃的石灰窑，里面经常有粪，路过的人要解大手，附近没别的合适的地方，特别是一些女的。还有西边的那条深沟里，村南俊可大爷家的树园子里，都是有粪的地方。

为了拾粪，很多人天不亮就起来，拾完再回家睡一觉。我爷爷就是。没有表，看星星。阴天则听鸡叫，估摸时间。父亲说，我爷爷没一点文化，记东西是把高粱秸剥掉外面的篾，每根一拃来长，五六根串在一起，挂在房门后，一旦有什么需要记的事情，就到门后在高粱秸上用指甲掐印。这些印歪歪扭扭，别人看不懂，但不管多长时间，他一看就知道，比如什么时间借谁家的钱，借多少，等等。他是怎么记录的，用的什么原理，无人知道。这个特殊的"记录本"早没了，要是留着，研究研究估计会非常有意思。

拾粪的多，大多又起得早，还尽去些角角落落，有时不由得会碰上一些事情。西路家庄北边一个村，一对男女为了达到长期姘居的目的，于一天深夜合伙将女的丈夫杀害，在清理完现场后，准备到远处埋尸灭迹。为了稳妥，不被发现，先悄悄打开院门，想看一看街上，然后再动手，正好一个拾粪的老人背着粪篮子从街上走过，他们赶紧把大门关上了，待感觉街上没有动静，想再抛，天已微微亮，只好暂时把被害人遗体藏在院里的一个柴火垛中。被害人的妹妹第二天过来问那女的，我哥呢？女的一听，十分慌张，说，你哥？没回来呀！被害人的妹妹说，昨天傍晚我明明看到我哥骑自行车回来的，我还跟他说了话，怎么会没回来呢？女的更慌张了。被害人的妹妹感觉不对劲，想

旧物回声·记忆中的乡愁

到平时村里对嫂子的一些风言风语，赶紧回去跟家里人说，商量着报了案。警察来到村里，把那女的叫到村办公室，外人不让进。合伙作案的那个男的知道女的被叫进办公室后，在家里坐不住了，借着到村里的一个屠宰场买猪蹄的机会，想探听一下情况，可什么也没探听到，回家的路上，提溜的猪蹄走着走着掉一个，少了好几个竟不知道。直到案子破了后，人们才恍然大悟，怪不得呢！

杏存叔的二姑，婆家召口。有一年秋后，杏存叔的二姑叫杏存叔替她去推车炭，冬天生炉子用。二姑开口了，当侄子的不能推托。再忙吧，也不行！杏存叔便架起独轮车，去推了一车。召口在西路家庄的北边，荆山的后头，一车炭四百斤，肯定不能走山路，得走东边的郝家庄，然后往北，转过去，从路家山下进召口东寨门。

路家山下有条沟，挺深。杏存叔还从来没推着这么多炭走过。临下沟，他停住，先过去看了看，同时也歇了歇，觉得一鼓作气应该没问题。他紧紧腰带，朝手心里吐口唾沫，架起独轮车下了沟。但没想到只推到一半就没力气、推不动了。只好赶紧放下车，在后面压着，等待路过的人帮忙。因为此时，他要一动，车会立刻滚下去，炭也肯定撒得到处都是，弄不好，车也得摔烂。也是不赶巧，半天也没一个路过的，杏存叔弓在那里，急得满头的汗，手累得直作战。终于，看到上面有一个老人，背着粪篮子走过。杏存叔赶紧喊："大叔！大叔！"拾粪的老人听到有人叫，从上面探过身来，一问，赶紧放下粪篮子走下来，在前面帮杏存叔拽着，杏存叔又弯腰抓住车把，架起车来，两人一个拉，一个推，把车推到了上边。多亏那个拾粪老人，要不，杏存叔在那里不知还要坚持多久。

我从八九岁，粪篮子背起来刚能离地时，就开始拾粪了。随着脚步的迈动，粪篮子在脚后跟上不停悠打。除了在近处拾，我还经常沿着村北边的那条土公路，向西南方向拾。一般都和差不多大的做伴，最多是和云秋。我们到过十来里路远的中埠那边。云秋今年五十六了。一九九七年，因为吃药，差点送了命。开始，耳朵后面起疙瘩、痒，然后慢慢顺着脖子，长到了胸膛那块儿。到邻村的卫生室一看，说是淋巴炎，给开了环丙沙星。没想到，吃上开始过敏，当晚发烧达到四十摄氏度，昏迷过去。

家里人慌忙给送到张店一家医院。检查后，答复治不了，说让转院去济南。家里人想，这要再往济南转，一百多公里的路程，一折腾，还不麻烦了？不如干脆在这里。刚好有一个熟人认识医院负责人，便找熟人联系，给云秋用上了退烧针，别的药暂时不敢用，怕出问题。

云秋一直昏迷着。医院说："让你们转院，你们又不转，我们只能尽最大努力。"意思是，一旦出了问题，别怪我们。

又过了三四天，云秋还昏迷着。一个护士给他打吊瓶，想撸起他衣服袖子，竟从他胳膊上撸下一层皮，吓得不敢打了，赶紧去叫护士长。护士长过来，把护士批评一顿，说他都这样了，还给他撸袖子，撸坏了怎么办？护士长把针调好，打在了云秋脚趾头上。也只有那里能打了。医生让云秋家人准备后事，说人很可能不行了，早做准备吧！

一直到第六天，烧开始有点退。第七天，又退了点。接着，一天天往下退。云秋醒过来了。医院说，真是个奇迹，他们医院还从没有过这样的病例。云秋成为医院的一个成功案例了。

住了十几天医院，每天花去一千多元。云秋回了家，还是一直卧床、吃药。用的药是进口的，附近医院没有，每回必须到张店那家医院买。身上除了手心、脚心，全都蜕了一层皮，肤色如同燃烧的木柴，尚未燃烧完就在土里埋灭一样，灰的。在家休息了两年，才慢慢恢复过来。

能活着，他都没想到。

可祸不单行。身体恢复后，眼睛又被崩了一下。他侄女结婚，盘大灶待客。有一根炉条，有点长，他打开电源，想用砂轮把炉条切一块去。砂轮飞速旋转起来，一咬炉条，"嚓——"，带起一片火星。忽然，他的右眼生疼，被一块铁屑打中了，赶紧用手捂住。过了会儿，还是不行，勉强试了试，感觉什么也看不见了。立马招呼人，把姑娘也从村砖窑上叫来，去了临淄区医院。

接下来，他在床上趴着，治疗。持续四个月。不让有别的姿势。眼睛治好了，但视力不行了，看什么都模糊。就是离得非常近，也是一样。去了好几家医院，都说治不了，想恢复原样，做不到了。后来，他也不再到处治了，白花钱！现在他在北边广饶的一个企业上班，每月四千元。

一九七七年，我在临淄九中读书，学校要求学生课余时间拾粪，男女同学，每人背一个粪篮子。我住校，把我们家的粪篮子背到了学校。班里劳动委员每天用木杆秤称大伙儿拾的粪，教室后墙黑板上，每天更新。粪积攒起一定数量后，运到农场种地，主要是种蔬菜用，改善师生伙食。

农场在西路家庄后面的荆山上，老大一片，辣椒、茄子、水萝卜、白菜。学校十个班轮流到农场劳动，每班一星期。

农场有座屋子，五间房，放劳动工具，还有学生参加劳动时从家里带去的工具。屋东头有一个伙房，烧开水，中午馏同学带去的午饭。

每个班劳动时，有两名同学看门，吃住在农场。有一次，我们班劳动，安排我和郝永昌看门。郝永昌学习一般，但爱劳动，不怕累，不怕脏。学校茅坑里，不知谁扔进块石头，没棱没角，沾粪便后滑不溜丢，撬也撬不出来，拿长把大马勺朝粪桶里舀粪时，还被它阻挡着，不好舀。郝永昌便撸起袖子，蹲下把石头搬了出来，满手黏糊糊的粪便，在场的师生赞叹不已。

在农场看门时，晚上睡觉没有床，只在屋西南角铺上些麦穰，放领苇席睡觉。我和郝永昌的被子，早晨起来叠好后，并排着放席上。一天中午，几个女同学吃完饭，躺席上枕着被子休息。一个女同学觉得身上痒，摸了摸，抓出一个虱子。"有虱子哎！"女同学们都呼地爬起来，抖开我和郝永昌的被子，是郝永昌被子里的。女同学这就在被子里扒拉虱子，找到一个，指甲盖一对，"啪"地掐死。我的被子是从学校宿舍背去的，看完门后又背回了学校。后来，我被子里也开始有虱子了，发展到身上也有，那时，一年洗不了几次澡，加速了虱子的繁殖。内衣缝里，成了虱子的极乐天堂。每到星期六，我回家背一星期的窝头和咸菜，母亲就让我把内衣脱下来，烧锅开水，扔里面，用高粱秸挑着烫，这样管用，但一直没根除，直到毕业离开学校。

背到学校的粪篮子，忘记后来到底背回来没有，找不到了。这次我在西路家庄探寻，想找一个，也始终没有发现。到最后，只在寿存叔家找到一个粪铲子，铲子头上锈迹斑斑。

第五章　终将远去

升·剥玉米粒擦子·步犁·木杆秤

升

　　根据寿存婶子提供的信息，我到华存婶子家找升，华存婶子不在。父亲告诉我，今天大路家庄有集，可能赶集去了，你中午再去。

　　我决定到山上看看母亲的坟。每次我从外边回来，差不多都去，拔拔坟上的草，摸摸坟顶上压的黄纸，坐在坟前默默对母亲说说心里的话。母亲的坟已不在父亲承包的桃园东侧，前年政府在山上修公路占了一部分坟，包括母亲的，给予一定补偿后，所占的坟全都迁到荆山西北角了，西靠凤凰山。本来要在父亲承包的桃园建的，找大师一看，感觉不合适，说西北角那块儿是块风水宝地，村里便出资统一在那里建了黑色大理石墓地。没占用的一部分还在，往山上走，路东侧。"西坟"里的坟被扒掉后，所有火化骨灰都移到山上埋葬了。有的是刚起的，纸幡上的花朵非常鲜艳，五颜六色。全部的坟我没逐一数，大体一瞅，估计得有几十座。感觉才没多少年工夫。这还不算母亲等那些刚迁到西北角上去的。他们都曾在西路家庄生活过，有的就在前几个月，甚至前几天，还在村子里，现在，却在这里默默安息了。人，跟西路家庄的旧物件一样，一代代的，终将变老、远去，这是谁都不愿它发生、甚至感到恐惧的一件事情，却又是别无选择的必然归宿。

　　母亲活着的时候，想去爬爬泰山，但一直没能去成，虽然西路家庄到泰山，大概只有一百来公里的路程。

　　二十世纪八十年代初，西路家庄实行土地承包，对生产队的牲口进行竞卖，母亲没有钱，没能买上一头。地里耕种时，她和父亲要么借别人家的牛，要么使人力，一身汗水一身泥，一直持续了六七年。非常眼热人家有牛的，特别是我大爷家，有一头母牛，不光干活，还生了五六头小牛，头头膘肥体壮，她特别想自己家也能有一头。后来有点钱了，又心疼钱，一直舍不得买。有一次，我从外边回家，母亲说，村里的谁谁谁到泰山去了，还拜了泰山老母，说泰山可好了，坐车、住宿、爬泰山、吃饭，五百块钱都没用完，一脸的羡慕。我离开家后，正好收到一篇小说的稿酬，五百元，抽机会交给了母亲，让她也去爬爬泰山。天天在地里干活，累，也该出去玩一玩，放松放松。母亲非常高兴，卷进手绢里，放了起来。一段时间过去后，我回家，拐进胡同口，看到我们家门前的树上拴着一头小黄母牛，进家问谁家的，父亲正蹲在上房门槛上，披着件衣服"吧嗒吧嗒"吸烟，说咱家的，你不是给了五百元让你母亲去爬泰山吗，她舍不得，又添上三百，买了这头牛。

　　此后，母亲对这头牛精心照料，给梳毛、给洗澡，拴了一个套，套牛脖子上，教怎么驾车，怎么拉犁，把牛调教得非常听话，成为她和父亲种田拉庄稼的一个得力帮手。有一天，牛发情了，母亲牵到有公牛的人家，花五十元外加五十斤玉米，给配了种。此后对牛照料更上心了，经常拴院里的梧桐树上，边看着吃草，边弯腰摸牛肚子，算着生牛的时间。有一天晚上，她听到牛叫，心说牛要生了，赶紧爬起来，果真生了。

　　母亲死后，这头牛父亲一直喂着，直到牛老了。而在牛没老之前，每回到母亲坟前，我们总会告诉她牛最近一段时间的情况，让她放心，每回生了小牛，也都跑到山上对她说一说。感觉上，母亲不是去世了，而是住在了山上，

旧物回声·记忆中的乡愁

应该先告诉她，让她知道，那也是她心头的一个牵挂。去世前，她在医院进入弥留时，曾有一刻清醒过来，非要让我们拉她回家看看，我们不同意，说回家干吗？她说，我算着，咱那牛该生小牛了。我们不禁满脸泪水，趴在她被子上泣不成声。

站在母亲的坟地朝山下望，西路家庄尽收眼底，这些年，每回来山上朝村子里回望，差不多一段时间一个样，村子也和人一样，会长，特别是那些房子，旧的逐渐消失，新的越来越光鲜。

升，算是西路家庄一个比较老的物件了。它是一个专用于粮食的木制衡器，样式跟斗相同，都是口和底呈正方形，底大口小，侧面看是正梯形，两边一边一个把，便于搬动，但容量要比斗小得多，计量方式是：十合等于一升，十升等于一斗，十斗等于一石。一斗等于六十斤，也叫"两撇子"。升又有大升和小升之分，大升一升等于小升两升，现在这种计量方式已经淘汰，不再使用了。以前集市上粮食交易，甭管籴粮的还是粜粮的，都用斗、升、合计量，市场上有专门的斗偘。粜粮的把盛粮食的布袋在集市上放好，口由里向外，一层层挽下来，到露出里面的粮食为止，站在布袋后面，等待籴粮食的前来。籴粮食的提着空布袋，在粜粮食的布袋前来回走动，寻寻觅觅，看到哪个粮食布袋里的成色好，会上前，抓出一点详细察看，捏几粒放嘴里咬咬，试试干湿，然后跟粜粮的在一方的衣襟里面，相互用手指头讨价还价，这是一种特殊的讨论价格的方式。以前凡属金额大一些的交易都这样，不叫第三者知道。不同的手指形式，代表不同的价格，比如"拧七别八勾拉子九"。价格谈妥了，粜粮的会背着盛粮食的布袋，和籴粮的来到斗偘处进行交易。

斗馆的斗（还有升、合）放在一个大笸箩里，粜粮食的一手抓着布袋口，一手提着布袋底朝斗里倒，满了后，斗馆把斗顶上的粮食平着一抹，落入笸箩的，便归斗馆所有。俗语"斗满人为平，人满天为平"，就是由此而来，意思是如果斗满了，出格，顶上的粮食会被人抹去，而如果人要是冒泡，就会被天平掉，教人做人处事要谦虚低调，不得张狂，否则会祸患临头。

让斗馆过斗，朝斗里倒粮食是个技术活，不会的，容易倒在外头不说，还往往超了，造成一些不必要的损失。而倒欠了，甭等籴粮食的说话，斗馆就会喊你，倒，倒啊！还早着呢，至少差一格。让你继续不停地倒，因为这样他才有赚头。斗馆过斗，收入就是撒在笸箩里的那些粮食。

有些斗馆，做斗馆时间长了，成了老油条，让你把粮食撒进他笸箩里的招数有很多。比如，当你朝斗里倒粮食倒得差不多时，会忽然用手一拦你的布袋，说："好了，还倒！"看上去是为你着想，向着你似的，实际上是让你的布袋冷不丁中被猛地一晃，好更多地撒出些来，落进他的笸箩。而过完斗，把粮食往籴粮的布袋里倒，斗馆也有很多办法让粮食落进笸箩，比如倒得快一点，或用力猛一些，等等。有时，他感觉落进笸箩里的少，没达到他预想的目标，白忙活，就故意不把斗倒干净，跟明抢差不多。做斗馆的，不是当地"坐地虎"，就是一些"惹不起"，让你哑巴吃黄连，敢怒不敢言。

以前，集市上有用刀子划一下头，让头上流血乞讨的；也有脱光膀子，拿砖头"啪啪"拍自己胸膛乞讨的；还有用两块牛大腿骨，顶上拴上铜钱或铃铛，"啪啪"敲着乞讨的，边敲还边唱，词是现编的，主要是针对店铺、馆子等看上去有钱的掌柜，给钱的，他说你好，不给钱的，他挖苦你："这个掌柜的挺有钱，就是舍不得一个铜圆，当心你的包子生蛆，一个人也不稀来吃。没人吃，咋挣钱？叫你哭得泪涟涟。"后面跟着一群小孩蹦蹦跳跳，起哄看热闹。

　　小时候我们家也有一个大升，是我爷爷从金陵镇买的。有一阵子，我爷爷赶集悄悄倒腾粮食，到集上，提着布袋一家家看人家的粮食，感觉哪家合适，还价把粮食籴过来，再摆集市上粜，好了略微能赚一点点差价，贴补家用，但这样的机会并不多，常常是费了大半天时间，白耽误工夫，后来不再倒腾了。他活着的时候，最后一次是赶卫固集，挑了二十斤煮熟的辣疙瘩卖，离集往回走的时候，出溜在了地上。西路家庄敬存大爷家的杭英姑，婆家卫固，看到了，把我爷爷接到家，找医生看了，打上针，给父亲捎来了信。父亲正在山上干活，赶紧跟生产队借上马车赶着，把我爷爷拉了回来。母亲想，爷爷定是平时吃不饱饭才病了，给他做顿饱饭吧。家里的石磨自上回磨了高粱后一直没有扫磨膛，母亲把磨撬起来，扫了扫里面残存的一点高粱面，掺上谷糠，贴锅上，蒸了十来个饼子，每个大约三两，我爷爷吃了五个，摸着肚子，直说好吃，香！晚上睡觉时，他在西屋里还好好的，油灯下，把一条平时舍不得围的八成新围脖拿出来，交给母亲，让母亲留着，好以后围。早晨起来父亲过去一看，人已经去世了。

　　我爷爷去世后，那个升没人再用，我记事起，一直盛着些准备勒风箱猫头用的每回杀鸡拔下的鸡毛，搁西屋北山墙龛子里。有一年春节，眼看到年三十了，有的小孩都拿着鞭炮在街上玩，偶尔拆下一个夹墙缝里捂着耳朵放了，我们的，父亲却一直没给买，以为父亲心疼钱，指定放不成了。因为那个时候，买支炮仗都困难，舍不得花钱。每回父亲买鞭炮，母亲总数落，买那个干啥，"啪啦啪啦"响两声，一两角钱没了，震得耳朵疼，还浪费。年三十的前一天晚上，父亲对我和弟弟说，去把升搬过来。我们感到奇怪，大晚上的，搬升干吗？又不勒风箱。却还是到西屋，踩着凳子把升搬下来，搬到了上房，父亲接过去说："我给你们变个戏法。"手伸进鸡毛里。我们以为会不会是一朵花，或者一只鸽子，因为有到村里变戏法的，我们看过，还给一个小女孩卸胳膊，吓得我们都不敢看。父亲却摸出一支鞭炮，接着又一支支地，给我和弟弟每人摸出四支，把我和弟弟高兴得不得了。以后，我们便经常把手伸到升的鸡毛里掏一掏，看父亲又藏进什么好东西没有，期盼着奇迹，却再也没掏出过。

破"四旧"的时候，我们家的这个升，被我哥拿到学校，砸了。

华存婶子住父亲的东边偏北，我对她不太熟，她跟华存叔结婚时，我已离开西路家庄，没接触过。华存叔比我小八九岁，原先都住老房子的时候，我们是邻居，他家在我们家东边，一墙之隔，两家走动得不错。现在他家的老房子也早没了。记得小时候，他家有个织布机，放东屋里，他母亲宗仁奶奶天天坐在织布机上织布，还教了一些徒弟，我大爷家大姐就曾跟她学过，学会后我大爷给她做了个织布机，也天天织。华存叔家那时有个后院，很大，东西长、南北窄，长着楸树、榆树、槐树、杏树等很多树，我们家上房后边，正是这个院子的一部分，约占整个院子的二分之一，两棵挺大的香椿芽树长在那儿，每到清明时，我们都要拿着钩子、提着篮子，到华存叔家，从前院穿到后院，采摘树上的香椿芽。那时我不理解，怎么老是到人家家里去摘香椿芽？后来得知，这个院子原先是我们家的，二十世纪五十年代初，华存叔家用二百撮子麦子买去了。卖院子的收入，我大爷买了骡子和马车，在外面挣钱，但没几年，村里成立合作社，先初级社，后高级社，骡子和马车入了社。院子出卖时，为了以后房子坏了修理方便，从墙基往北好几米依然归我们家。

改革开放后，华存叔家是西路家庄第一个盖厦檐房的。

一九八二年，华存叔的父亲宗仁爷爷到西边的中埠赶集，看到人家盖的厦檐房不错，全砖的，前面探出一溜房檐，形成一条走廊，不由把自行车支在路边，走到人家房子前观看，掏出兜里的烟敬给人家，打听盖这得多少料，用多长时间，多少钱，并默默记心里。琢磨着自己也盖座，五间不就一千五百元吗？已有一千元了，再找亲戚朋友借上五百。

找村里划好宅基，宗仁爷爷开始备料，三万块砖、半吨水泥、三拖拉机沙子、四吨石灰，其他材料也很快齐了。那时，盖房子还都是帮工，不收工钱，主家只管饭。以前，谁家盖房子，去帮工是主要的，另外，也捎带着为了吃顿饱饭，因为平时根本吃不饱。而越吃不饱饭，肚子里没有油水，还越能吃。

有一年，我爷爷和宗忠爷爷到王家庄起烟苗栽烟，一早去了，用辘轳拧上水，浇湿烟苗地，把烟苗起出来后，半上午了。宗忠爷爷说，这庄里有我一个亲戚，咱们去那吃饭吧。他们去了。正好人家刚摊了煎饼，准备以后搭配着野菜啥的吃，见客人来了，端上了桌。也许两人一早就开始忙活，饿了，抑或平常吃糠咽菜，好不容易逮着煎饼了，人家一共摊了六十六个煎饼，我爷爷吃了三十四个，宗忠爷爷吃了三十二个，平均每人大约六斤。估计要是还有，还能吃。后来，就有话从王家庄传出来，说："西路家庄的吃煎饼，差点没把摊煎饼的也给吃了！"

一九七六年，我大爷和寿存叔、长伟哥，背着鸟枪、被子、窝头，搭临淄运输公司的车，到北边一百七十多里地的孤岛打兔子。他们在那里待了五天，打了十只兔子，窝头吃完了，没法再呆了，准备回来。去时带着五斤全国粮票，让寿存叔去买馒头，我大爷和长伟哥则在草地上继续背着枪寻觅，想有就再打上一只，没有就吃了馒头回家。

寿存叔去了，走了将近两个小时，到了一个饭店，一斤粮票一斤半馒头，一斤馒头两个，买了十五个馒头，寿存叔装进一个布袋里背了回来。

长伟哥背着枪，离得近，看到寿存叔过来了，说："快饿死了。"从布袋里摸出馒头就吃。等我大爷从远处背着枪过来，问寿存叔："你买的馒头呢？"寿存叔说："在布袋里。"我大爷打开布袋，问："就三个？"寿存叔看看长伟哥，长伟哥尴尬地说："我吃了。"我大爷气得摸起馒头就吃，一直不搭理长伟哥，回来后老长时间，也不跟长伟哥说话。

华存叔家这套房子落成后，让西路家庄的房子刚刚告别土坯开始用砖建造，立即又进入了厦檐房时代。现在西路家庄西北那些厦檐房，都是在华存叔这套房子之后建的。

父亲到外面有事，回来专门绕道到了华存叔家门口，告诉我华存婶子赶集回来了，院大门开着。我过去，华存婶子搬出升让我照。这是个小升，外边糊了一层红纸。村里有人结婚，借用后刚还回来。升原本的使用功能，随着时代的变迁，已经彻底丧失，由于它与"生"谐音，西路家庄年轻人结婚，有时还拿它当一个象征吉祥的物件，里面插上香，在新娘子下轿、迈过火盆、跨过上边放了马鞍的杌子后，拜天地时使用。不过很多人已经不用了，年轻人办婚礼差不多都在大酒店里，凤凰镇有好几家承办婚礼的酒店，里面雅座、大厅都有，灯光、投影、音响等设施齐全，十分气派，其现代程度不亚于都市，年轻人思想现

旧物回声·记忆中的乡愁

代，办婚礼自然更乐于在酒店中。

过不了几年，升将再没人用，要彻底退出西路家庄生活历史舞台了。

华存婶子家的升

剥玉米粒擦子

二十世纪五十年代以前，西路家庄不种玉米，六十年代以后才开始播种，渐渐的，玉米和小麦一起成了西路家庄的两种主要粮食作物。一九七七年，我在临淄九中读书时，每周回家背一次窝头，全地瓜面的，黑、甜、黏，每次吃饭，值日的同学把班里馏的干粮用笸箩从伙房抬来，看着别的同学的玉米面窝头，馋得要命。齐家庄的齐长运，高个子，少白头，会吹笛子，桌子匣里放着笛子，经常拿出来吹一吹，眯眯着眼，对着窗外悬铃木上吊着的下课的铁钟，很投入的样子。他吃玉米面的，有时我能跟他换一个，黄黄的，咬一口窝头，就一口辣疙瘩咸菜，感觉特别香。就盼望着何时我也能吃上玉米面的。

后来，终于可以吃上了，我却离开西路家庄了。

玉米分春玉米、夏玉米，春玉米春天播种，夏天成熟，头年秋后要把播种的地留好。夏玉米则在五月播种，九月成熟，麦地里套种。西路家庄这里基本都是夏玉米，麦子、玉米两不耽误。套种一般在芒种前后，两人配合着。原先纯手工套种，一人在前面，倒退着沿麦垄用镢头刨坑，一人跟后头，挎着盛玉米种子的筅子，朝坑里捏几粒种子，再用脚划拉土，把种子埋好。上面，太阳晒着，下面，麦地里密不透风，中间，麦芒刺手划胳膊，急不得，慢不得，十分辛苦。有一次，我从学校回家背窝头，家里锁着门，听说母亲在南边的地里套种，便背着书包去找母亲拿钥匙。地头上，看到好多人正弯腰在地里套种。那时是生产队。我因为准备考大学，用功读书，加上营养不良，眼睛花得不行，医生给开了鱼肝油，效果并不明显，辨认了好久都没有认出母亲，一个嫂子正好到地头，我问她母亲在哪里，她笑着，你前头不就是吗？母亲听到我说话，抬起了头，站在我前面十几米的地中，脸上全是汗，头发成了绺，上衣湿漉漉的，很多地方都是一层层白白的汗碱，右手伸到后面，拍打弯得过久后一时伸不直溜的背。这是个叫人心里十分酸涩的形象，让我终生难忘。

中国农民是最辛苦的，他们日出而作，日落而息，劳动时间远远不止八小时，没有星期天，没有假日，即便下大雨，田里不能劳动，也要在房子里挑选种子，修理坏了的农具，到八十岁、一百岁，也没有退休一说，除非哪一天身体不能再从事劳动，或生命终止。而正是他们，为人类文明的创造奠定了基础。"文明首先应该拥有确实可靠的剩余粮食生产链条。这些剩余粮食能够养活一个脱离粮食生产的特权集团，让他们能够从事专业化的创造文明活动。

[《世界历史上的农业》（美）马克·B. 陶格]"

玉米播种要疏密适度，稀了，株数不够，产量少；密了，相互拥挤，玉米长得比菱角大不了多少，也不会高产，净出"甜棒"，就是吃起来挺甜的玉米秸。

小时候，玉米长起来后，我们几个小伙伴到地里打猪草，会找那些底部表皮看起来发红的，从根部折断，用嘴咬着扒掉外面的皮，吃甘蔗一样，咀嚼里面的汁液，糖分比不得甘蔗，但也甜丝丝的，每人在地上嚼一堆渣。平日里根本吃不上水果，大人也舍不得给买甘蔗，农村里的孩子，只能吃些这样的东西，填补空荡荡的肚子。

那时，每当庄稼长起来后，有看秋的，防备谁家的猪到地里胡吃乱啃，也防备小孩子吃"甜棒"，糟蹋庄稼。有一回，我们刚折了几棵，正扒上面的叶子，宗茂爷爷就站到了我们面前，他看秋。我们被逮了个正着，也不知是怎么被盯上的，那么茂密的玉米地。宗茂爷爷拽着我们其中的一个说："走，带上你们折的'甜棒'，咱到学校去，看老师是怎么教育的！"我们都站着不动，那时不管做了什么坏事，都怕见老师。夏天坑塘里下雨，汪了一坑塘的水，这对我们小孩子是个诱惑，尽管老师一再强调，谁都不能去，大人也再三嘱咐，我们还是避开大人和老师，偷偷脱光衣服，跑进里面戏水。中间太深，我们只敢在周围扑腾，有时被不下坑塘的同学看到了，我们都以为坏了，肯定要告诉老师了，提心吊胆好几天，直到老师一直没找，才慢慢放下心来。宗茂爷爷见我们不动，问："几次了？"我们说："第一次。""以后还折不折了？""不折了。""再折告诉你们老师，开你们批斗会。"我们都低着头。他说："走吧！"我们拿上篮子，赶紧走了。

玉米收获后，先运到场上扒皮，一对或几对系起来，搭柱子上晾晒，等干了，正好麦子也种上了，地里的活忙完了，除了生产队留一部分，其余的全都过秤，分给各家，挂到梁上、搭在屋檐下等不占地方还通透干爽的地方，有空时，剥粒。

最早，剥玉米粒没有擦子，更甭说机械了，就是两只手一手一个玉米，相互搓，先剥净一个，然后用这个的芯当工具，一个个的剥别的玉米，费时，累手。不知是谁在实践中，先发现了用剪子不张刀口把一个玉米沿着一行穿到头，再隔几行穿一行，玉米粒剥起来省劲不少，效率也会大大提高，于是这个方法很快被普及，不光用剪子，有的还用锥子什么的。这种穿玉米的活只能大人干，小孩子不能插手，怕玉米光滑，力度掌握不好，穿手上，小孩子只坐在笸箩周围，拿穿好的剥。

记得有一次，我们正围在笸箩旁剥母亲穿的玉米，一个邻居婶子过来，说镜存大爷死了。我问母亲死了是怎么了，母亲说就是埋坟里，再也不能活了。我第一次忽然明白了死亡，以前也跟着母亲到有人去世的人家，看母亲帮人家撕白布、做饭过，还要过别人在出殡时，从送葬队伍举的花幡上摘下来的纸花，但从没有想过什么是死亡。这一次，我却蓦地明白了，人，总有一天会死的，埋坟里，再也不能活过来，变成一堆骷髅。八九岁的我，一下觉得人活着特别悲壮。从那以后，有时晚上我躺在炕上，不免就会想到死亡，有时还想火化时会不会疼，埋山上后晚上黑咕隆咚的会不会害怕，下雪那么冷会不会冻得慌，等等。

镜存大爷住在我们家西边偏南，隔东西大街斜对着，他家上房东山墙稍微靠南错一点，对着我们家灶房西山墙。他不大爱说话，身体偏胖，个不高，力气大。生产队有自留地时，有一天早晨，他二儿子和三儿子云坤哥、云林哥，

旧物回声·

在西南角上的自留地里拧着拧不够浇麦子，大半个早晨过去了，只浇了六沟，他去了嫌浇得慢，说："你们都起来，我自己来。"一个人拧着拧不够，时间不长就把剩下的七沟浇完了。

后来，云坤哥、云林哥也都非常有力气。云林哥能徒手把麦场上的碌碡抱起来，扛肩上。他用独轮车从地里朝麦场上推生产队掰的玉米，两个篓子装满后，篓子两边还要竖着插上一排，作为拦挡，将整个车子顶上都堆满，不用别人在前边拴上绳子拉，自己推着朝外拱，地上压出深深的辙印。

二○○三年，他却因一次意外事故去世了。

那时，刚收完麦子，他和云山哥到南金召的一家企业给烟囱上刷涂料，是云辉哥包的一个活，吊篮上升到大约四十米时，摔了下来。他和云山哥摔在地上。附近的人看到，跑来吆喝着送医院救人，那时没别的运输工具，旁边只有一台大铲车，开过来把他先抬到铲里，他人高马大，躺里面几乎把整个大铲都占满了，只好把云山哥抬到大铲一个角上，云辉哥进去抱着，就近送到了金岭铁矿医院。

云林哥伤得太严重了，一身的血，而且还在不停地流，医院给张店的医院打电话，联系转院。不多会儿，来了两辆救护车，但只有一辆抬上了云山哥，另一辆却没有拉云林哥，空着走了。躺在担架上的云山哥一问，说他已经去世了。五十五岁。

剥玉米粒擦子，原理和形状有点像擦土豆丝的擦子，是在剪子、锥子穿玉米的基础上产生的，取一块长约五十厘米、宽约十五厘米、厚约五厘米的木板，正面从上到下凿成一个中间略低的"凹"形，成为玉米上下擦动时的一个轨道，防止到处乱滑，木板中间打一个直透底部的核桃大小的孔，下方装一个冲上翘着的铁爪，高度与一粒立着的玉米粒相等。选择的木板最好是枣木或楸木，结实，抗得住玉米来回擦动，也没有异味。用剪子穿，一人大约能供两到三人剥，而用擦子擦，可以供五到六人，效率翻倍，也没有危险。凹槽在玉米上下擦动时，基本对玉米进行了固定，一般不会擦到外边，即使偶尔擦蹭了，翘着的铁爪是钝的，不像剪子，手掌也不会刺破。剥玉米粒擦子，成为一个长期被西路家庄广泛使用的物件。

西路家庄刚开始播种玉米时，种得少，产量也不高，基本都用来熬粥，或背到集市上粜掉，换几个钱贴补生活。它比地瓜干价格要高。产量上去后，开始大面积播种。二十世纪八十年代末，村里生活水平提高了，玉米成了喂猪、喂鸡的饲料。粮食放开后，很多地方开始收购玉米，西路家庄有的便赶着地排车，走村串乡收玉米，然后送到

剥玉米粒擦子

收购点，赚取中间的差价。云东哥就收过。他也是改革开放后西路家庄较早外出讨生活者。二十世纪七十年代末的一天夜里，他独自从临淄火车站出发，背着铺盖卷，方向东北，至于去东北的什么地方，当时他也不知道，打算到了再说。他听村里早先去过东北的说，那里地广人稀，土地肥沃，森林密布，还有人参，要是冷不丁碰上那么一棵，就发了。他要到那里碰碰运气。

连续坐了几天几夜火车后，感觉累了，迷迷瞪瞪中扛上铺盖卷，他挤出了深夜中的火车——以为差不多该到了，

出站一看，原来到了吉林。咋办？他站在车站外思考着，吉林就吉林吧，在这里下来了，就说明跟这里有缘。他在车站里猫到天亮，洗把几天都没洗过的脸，扛上铺盖卷接着走。三转两转到了延吉，打听着，到了一个砖窑。扔下铺盖卷，先睡了两天两夜，起来吃了饭，开始在窑上推砖。每天天不亮起床，一气干到黑天，常常夜里还要加班。每月收入三百元，除去饭费及各种开销，能剩二百多。这在当时，可以说是不错的收入。但那地方离西路家庄太远，思念西路家庄，思念家里的亲人，使他常常发呆。住的窝棚里，冲他的铺顶上，有一根搭棚时铰剩的半截铁丝，有时他一望就是半天。两手枕在后脑勺上，也不知父亲的身体怎么样了，家里的地种得可好？

有一年春节，他自己买了瓶酒，啃开盖，整了碗红烧肉，窝棚外漫天大雪，他喝得泪流满面。他学会了抽烟，一盒接一盒。

在延吉干了几年，云东哥回来了，到离西路家庄不远的一个石料厂的破石机上破石头，天天石面飞扬，一身的灰色粉尘。也谈不上什么劳动保护，就一个脏兮兮的防尘口罩，滤芯还从未换过，聊胜于无。他干了没多长时间就不干了，怕得硅肺病，那样就完了，会喘不动气憋死。

一九九〇年，云东哥用两千元买了骡子和马车，开始走村串乡收玉米，收的价格每斤在两角六分钱左右，再以每斤三角左右到召口、小张等收玉米的地方或养鸡场卖掉，除去耗损，每斤能赚二分钱。一天有时收四千斤，有时三千斤，有时两千斤不到，看运气。那时没有电喇叭，就用嗓子吆喝，到一村，马车停在一处街口上，然后在大街上来回喊，"收——玉——米了——"。喊累了，蹲街上，掏出烟来抽。有出来卖玉米的，先讲价格，谈妥后装袋子过秤，付钱。收的过程中，他总是非常小心，因为指不定会遇到什么情况。

有一回到一个村子里，一户人家要卖玉米，讲好价后，拿着他车上的编织袋说："你在这等着，我回家装好给你背出来。"云东哥的车上拉着编织袋。他一听，说行，因为那人就住在大街前头，离他马车不远，他能看到。不一会儿，那人出来了，背着满满的一个编织袋。过完秤付完钱，云东哥走了。

下午，他到收玉米的点上卖时，点上的人告诉他，送来的玉米里有小半袋沙子。他说，不可能。点上的人带他走进仓库看玉米堆，真有沙子。他对点上的人解释了半天，并让人家把沙子重量减出来，人家才没难为他。

做买卖，诚信是最重要的，他不能毁了自己的声誉。

事情完了，把收玉米的过程一捋，知道是那户人家干的了，因为别的都是他拿着编织袋到人家家里看着装的。以后再收玉米，云东哥就一律到家里看着装。

不过，看着装也有看着装的缺陷，他到卖玉米的人家去了，街上的马车没人看了。有一次，他跟着一家卖玉米的进去后，不到十分钟工夫，出来一看，马车上收的玉米少了一袋。一袋玉米一百二十斤。他这一车玉米，基本等于白收了。

收玉米，在赚钱的同时，也让云东哥收获了很多做生意的经验。

一九九八年，云东哥卖掉马车和骡子，用七千元买了机动三轮车收玉米，现在已经不干了，在一家民营化工厂做工，骑摩托车十五分钟的路程。上班十二个小时，休十二个小时，职责是将生产出来的化工原料装桶，吊车上，拉进仓库，入库。工资高的时候，每月五六千元，但不稳定，厂里经常放假，平均起来每月三千多元，他觉得还行，六十多岁的人了。他已在城里买了房子，打算再干几年，因为城里花钱的地方多，身体又没有什么毛病。

我到美存叔家探寻时，找到了目前西路家庄仅存的一个剥玉米粒擦子。我在父亲那里翻看拍摄的照片，父亲凑过来看了后，说我们家还有一个手摇剥玉米粒器，我问："在哪儿？"他说："大门顶棚上。好几年不用了。"我跟着他，到院里扛上梯子，给取了下来，铁的，形状有点像手摇地瓜刀，也是内侧有个摇动的

父亲的手摇剥玉米粒器

手柄，外侧左上方有个漏斗状的口，玉米放进去，摇动手柄，粒立刻会剥落掉，已经属于手动机械了。用它剥玉米，擦子自然没法比了，不过，也仅仅十几年的工夫，就被淘汰了。现在都是用机器，拖拉机上装着，开到晒干的玉米旁，几个人不停用铁锨朝传送带上铲，剥得干干净净。

步　　犁

绵志家一直还没去。有一天，我在街上碰见了绵志媳妇，问她家里有没有旧物件，她琢磨了一会，说："有一个步犁。"我跟着到她家去了。她家老房子在西路家庄东南角上，东边是美存叔家。房子是那种"镶门镶窗"的土坯房，

现在已没人住。小时候，这里是一处闲院子，有很多树，院墙南边那个地方种着好几棵椹子树，大叶子，长元宵大小的椹子，开始是绿色的，外边全是毛茸茸的刺儿，熟了后红色，刺儿软软的，每个顶部有一粒籽儿，吃起来"咯吱咯吱"的，特别甜。我们常常爬到树上，一人摘一捧，到树荫下或坐水渠上，吃得满嘴红，不过，这种东西吃多了舌头会有点微微的麻。树多，夏天知了龟也多，黄昏，我们猫腰在这里寻寻觅觅，能逮好多，吃过晚饭后，再来树上摸，回去放蚊帐里，晚上变出很多知了。先拱出背，再出头，倒垂下来，待尾部基本出来，头翻上去，抓着壳，将尾部慢慢抽出，缓缓伸展开透明、稚嫩的翡翠般的翅膀，能飞后，离开壳，趴在蚊帐上。

绵志家盖房子的时候，有一次我领着小妹妹过来玩。小妹妹刚会走，有一个石灰窝子，上面盖着一领破苇席，我只顾自己玩了，小妹妹爬上去，掉进窝中，拼命哭。旁边大人赶紧过来，把小妹妹提了上来。

绵志家的步犁

绵志家的这个步犁，是直背的，不是最早弓背的那种，挂在南边杂物间西墙上，杂物间里堆着铁丝、钢管、棍棒等很多东西，没法把步犁取下来，我只好踩着下面的东西，抻抻着手照了几张。从形状上看，这个步犁十分完好，摘下来应该还能用。

西路家庄用拖拉机耕地，是二十世纪七十年代以后的事情，以前都用步犁，再早，拿镢头刨、铁锨挖。

步犁耕地得用牲口，一般用牛，两头（也有三头或一头的，根据牛的体力而定），由一头相对比较听话的领墒。先摆好两副牛套和二杆子[①]，牛套平行着在前，二杆子横着在后，挂钩连接起来，二杆子后边中间还有一个挂钩连接到步犁上，沿着两副牛套左侧，顺到后面两根遛绳，然后套牛。套牛要先套右边领墒的，放牛脖子上牛轭，系好，调调搭腰，系好肚带，再套左边的。两根遛绳每根分别通过这头牛的牛鼻圈，挽到牛的左耳朵上，再沿着牛的身体往后扯到后面，拴在犁把上。犁田人拾掇停当，摸起地上的大鞭，左肩上一搭，右手顺势将犁把一握，喊声："嘚儿！"开始耕了。

吆牛都有一套专门用语，让牛靠左，喊"依"，靠右喊"呃"，走喊"嘚儿"，停喊"吁"，倒喊"欻"，快喊"驾"。这些用语，牛听习惯了，一听就懂。

扶犁是个技术活，好的犁手耕出来的犁沟深浅均匀，非常直溜。牛也听使唤。不好的犁手，犁沟里出外拐，深浅不一，牛东拉西拉，人和牛都费劲，别别扭扭。

抡大鞭也讲技巧，会抡的能抡出很多花样，不会抡的，则连甩都不敢甩，怕一不小心缠脖子上，自己把自己打了。这种鞭皮子做的，一丈来长，根部特别粗，往梢去，越来越细，尖上是细细的鞭梢。鞭杆子不是杆子，是一根一尺来长能用手握过来的木棍，打时借巧劲儿用力一甩，空中顿时响起"咔"的一声，牛禁不住浑身一抖，使劲朝前蹿，

---

① 起连接作用的套杆，西路家庄叫"二杆子"。

因为倘若抽到身上，就是不出血，也会蓦地现出一条深深的鞭痕，会疼得牤蹄子直蹦跶。犁手一般不会真打，晃晃遛绳，吆喝一声，鞭杆敲敲犁把，牛就懂得，顶多甩起来，"咔啦啦"打个空鞭，吓唬一下。牛是辛苦的，默默无言，拉犁驾车，谁都舍不得打。

西路家庄最好的犁手是功存大爷，用步犁时，每年耕地都离不开他。他家也是改革开放后，西路家庄最早进行土地承包的，属第一个吃螃蟹者。

一九八一年，生产队决定将村北一块毛面积五亩，除去边边角角还有不大长庄稼的荒草处，实际也就四亩半的地包给个人，进行联产承包试水，时间一年。但决定出来后却迟迟没人应包，都怕出事，不敢大胆站出来，所以尽管私卜里很想，却又互相观望。队长云坤哥找到功存大爷的女婿鸾芳姐夫，让他包，他和功存大爷都是种田好手，又都十分勤劳，兴许能试水成功。鸾芳姐夫也犹犹豫豫，但云坤哥劝了几次，鸾芳姐夫还是答应了。两人讨论了承包办法，还来到地头上，用脚步仔细进行了丈量。不过仅几天时间，鸾芳姐夫又反悔了，因为功存大爷不同意，当时那形势下，怕一不小心走错了。功存大爷经的事多，考虑问题复杂。"能得你吧，要是政策一变，不怕倒大霉呀你？就是你不怕，我还怕嘞，这么大年纪了我都，你还是让我安生点吧！"听功存大爷这么一说，鸾芳姐夫心中也打鼓了。云坤哥又找鸾芳姐夫做工作，让他包。那个时候，非常需要有一个挑头的，带动一下联产承包。鸾芳姐心直口快，掂兑掂兑，道："包！怕什么呀，天塌下来，有你老婆我顶着。"鸾芳姐夫说："咱爹不同意。"鸾芳姐说："他不同意不算数，我同意就行。"功存大爷就鸾芳姐一个闺女，平时对鸾芳姐一直都娇惯着。鸾芳姐夫见有鸾芳姐支持，答应了，但对云坤哥提了四个条件：第一，承包地周围，要生产队沿地边子给挖上半米深、半米宽的沟，挖出来的土堆到承包地上，形成一条堰；第二，每亩地生产队给一袋尿素，四方土杂粪；第三，需要浇水时，生产队要及时开机供水，需要拉东西时，生产队则安排马车；第四，每亩地生产队给记工分一千五百分，四亩半地共六千七百五十分。鸾芳姐夫为啥提这四个条件呢？一是为了承包后，对土地耕种、管理方便；二是要表明他个人承包与生产队的关系，说白了就是我这是给生产队干活，将来一旦搞不好出了问题，好有退路。当然，作为生产队长，云坤哥完全明白鸾芳姐夫的心思。岂不知鸾芳姐夫的退路，正好也是他的退路，他是队长。于是对鸾芳姐夫的四个条件，云坤哥全都答应了，同时代表生产队也对鸾芳姐夫提出了承包条件，就是承包后，鸾芳姐夫种什么、怎么种，由他自己选择，生产队不进行干预，但承包到期，每亩地必须交生产队四百元，年底一千八百元现金一次交清，不得拖欠。这个钱，要放现在，可以说算不了什么，但在当时，可是笔不小的数目，别说一千八百元，能有一千的，整个西路家庄掰着指头来回数，也找不出两三家。用功存大爷的话说，你们就作吧！

　　鸾芳姐夫扛上铁锨，提着篮子，装上火柴，来到了承包地。朝手心里吐口唾沫，挽起袖子，把铁锨插入了土中，一铁锨一铁锨开始平整土地。热了，便干脆脱下棉袄，放地头上。早春的风，吹动他的汗褂。铁锨扬起的尘土，一股股升腾。这是他的地，虽然只有一年，他要把它弄平整，打理好。鸾芳姐打下手，帮忙。

　　清明刚过，他们先在地里栽了十二沟地膜西瓜。到谷雨，又栽了部分不用地膜的。这时，清明栽的已经出苗。

等忙过了一春，四亩半地上，他们共栽了一亩半西瓜、一亩半地瓜、半亩芝麻，还有部分甜瓜、豆角。接下来，他们划锄、浇水、施肥，进行田间管理。

功存大爷一眼也不来瞅，他在较劲，你们不是不听话，非要包吗？好，那你们就包。到时候吃苦头了，别来怪我！

不过，眼瞅着三四个月过去了，任何对他们不利的事情也没发生，倒是东邻西舍的，直夸他闺女和女婿的地种得好，特别是那西瓜和地瓜。功存大爷有点坐不住了，一大早，趁着赶集路过，悄悄到了鸾芳姐夫和鸾芳姐承包地的地头，老远见一地勃勃的生机，特别是那西瓜，满地都是，绿油油的。他是个种瓜的好手，行家，懂得这样的势头能结出多好的果，只要好好管理。他一下担心起闺女和女婿管理比不上他了，那样会白瞎了这一地的瓜，又忍不住走到瓜跟前，打了几个瓜杈，抹了几个谎花，压了几处瓜秧。可只干了几下，又怕让闺女和女婿看到，慌慌着站起来，背起手倔倔地走了，烟荷包在脖子后一甩悠、一甩悠。

其实，功存大爷的举动早被恰好从胡同里拐过来的鸾芳姐夫看到了，他怕让功存大爷发现没面子，又退了回去。得给功存大爷保留尊严。他懂得，得慢慢来。心急吃不得热豆腐！

眼看要割麦子、过麦了，云坤哥找到鸾芳姐夫，问能不能腾出空去生产队麦场管理麦场。鸾芳姐夫知道生产队的事要紧，自己包的地再重要，也比不得生产队的，爽快地答应了。回去跟功存大爷商量，看能不能让功存大爷去包的地里。功存大爷自打看了那西瓜后，早就急得火烧火燎，就等一个台阶了，鸾芳姐夫一恳请，他话也没说，抱上枕头、卷起被子就到瓜地去了，还牵了他们家的狗。

鸾芳姐夫给功存大爷在地头盖了间小房子，门前还搭了棚子，棚子里砌上水泥茶桌，让功存大爷累了泡壶茶。

自此，功存大爷吃住都在地里了。侍候西瓜，给地瓜锄草，为豆角搭架。空了坐在棚子里的茶桌旁，泡壶浓茶，烟荷包里挖悠上烟，"吧嗒吧嗒"地抽。眼睛就望着眼前的瓜地，也许，什么也没望，一呆半天，雕塑一样。几缕蓝色的烟从他头顶徐徐飘起，往上，然后，缓缓飘走了。他是个种庄稼的老把式，这片地，这片地上的景色，能让他预感到未来将会是一片什么样的景色。心里琢磨着，也许自己真老了，闺女和女婿是对的。

该开园了。鸾芳姐夫先挑上好的西瓜，给瓜地边上的几户人家每家送去两个，还有两把豆角。让大家一起尝个鲜，也感谢大伙大半年来的关照。耕种时瓜地缺件家什，他免不了这家那家的，临时借一借。

阴历六月底，西瓜正式上市了。每天，亲戚朋友们推着七八辆独轮车，都来帮着赶集卖瓜，每车装上二百来斤。同时，鸾芳姐夫也朝外批发。赶马车的，骑自行车挂着篓筐的，都来了。一直持续了二十来天，才基本将西瓜卖完。

到秋后，地瓜也丰收了，刨出来，拉出去，换了一千八百斤麦子。芝麻打了一百三十斤。加上豆角、甜瓜等收入，鸾芳姐夫交给生产队一千八百元承包费后，自己净收入一千六百多元。

他从来没有赚过这么多钱。二十世纪七十年代初，他的一个表弟来找他借五十元钱，订婚急用，鸾芳姐夫连五元钱都拿不出。表弟乞求，我好不容易找上个媳妇，你不能眼看着我订不了婚，让我以后打光棍吧？鸾芳姐夫走出家门，叹着气，大街上来回走。拉下脸皮一家一家借，最后才凑了五十元。有一年春节，西路家庄因为鸾芳姐家困难，救济了五块钱，鸾芳姐夫拿出一元买菜，两元割肉包饺子，一家人才感觉过了一个好年。这才十年不到的工夫。

鸾芳姐夫把一沓十元的"工农兵大团结"，一张一张来回点，到商店买了一台蝴蝶牌缝纫机，给大闺女、二闺女各买了一辆千里马自行车。鸾芳姐夫的粮瓮里，装满了用地瓜换的麦子，还有生产队分的。从此，他家一天三顿全都由地瓜面窝头变成了细粮、白面饼、馒头、水饺、面条。鸾芳姐以前有胃病，东看西看，中医找了不少，偏方用了很多，药锅子见天儿在厨房里的锅头子上"咕嘟"着，但一直去不了根，不是嗝气，就是烧心、冒酸水。改成吃细粮后，慢慢竟好了。鸾芳姐夫一家尝到了包地的甜头，试水成功了，村里人都纷纷要求承包，西路家庄一九八二年全面进行了土地经营权的变革。

功存大爷扶犁耕地时，经常秋后耕地瓜地。那时种地瓜多。我们一帮小孩会跟在后边，捡耕出来的地瓜。一人挎一个篮子。怕鞋里灌进土，走起来硌事，也为了省鞋，都把鞋脱下来放地头上，光脚踩着松软的鲜土。春天有时会耕有茅草的地，我们便跑去扒一些茅草根，擦净土，剥掉外面的皮，一人一把攥着，抽一根放嘴里嚼，同玉米秸"甜棒"一样，都是那时我们喜欢吃的东西。

绵志媳妇说这个步犁已经好多年不用了。用不着了。现在是机械耕作，它便永远都不需要在场了。

也不知怎么的，忽然想起了林徽因的一首诗，《写给我的大姊》：

当我去了，还有没说完的话，

好像客人去后杯里留下的茶；

说的时候，同喝的机会，都已错过，
主客黯然，可不必再去惋惜它。
如果有点感伤，你把脸掉向窗外，
落日将尽时，西天上，总还留有晚霞。

木 杆 秤

　　恩存婶子说她家有杆木杆秤，我问她什么时间有空，想去拍一下，她直接把秤拿到了我父亲那里。探寻中，西路家庄的人几乎都这么热情，志存叔、云亮哥、绵志媳妇、宗仁奶奶、美存叔……很多，想找什么物件，他只要家里有，会立刻放下手头的活，帮着在柴火垛旁、墙旮旯里、床底下、大门顶棚地寻找，弄一手一脸的灰也不在意。把我让进上房，泡上茶水，毫无保留地陪着聊与旧物件相关的事，说到动情处，常常禁不住泪流满面，甚至抽泣出声，不得不顿一顿，擦擦脸，待心情平复下来后再讲。五十多岁以上的都跟我熟悉是一方面，主要还是村里的人相对比较纯朴，没有那些市侩气。所以，我非常感谢西路家庄的父老乡亲。

　　恩存婶子的木杆秤，是用一个木匠用的木篼子提来的，这个篼子也是个旧物件，恩存叔家章文老爷爷用过的，他已于一九六九年冬去世了，活着的时候，会木工活。二十世纪八十年代初，恩存叔拜美存叔做师傅，学木工活，置办上凿、拐尺、锯、扁铲等工具，把这个篼子找出来，盛工具。他们家现在使用的床、桌子、凳子，都是他一会儿刨、一会儿凿的，"叮叮当当"的作品。木匠用的工具匣子一般都是长方形的，扁扁的，这种筅子的，还是第一次见。

恩存婶子拿来的是杆大秤，前系一秤能称十五公斤，后系一秤能称五十公斤。二十世纪八十年代末、九十年代初，恩存叔买了驴和地排车，从梧台提上大米，走村串乡换大米。一次提一千六七百斤，大约五六天时间用麦子、玉米换完，再到粮食收购点，把换来的粮食卖掉，每斤大米折合起来，能赚五六分钱。交易过程中，就用这杆木杆秤。

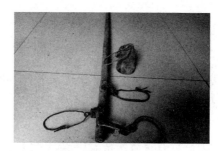

恩存婶子家的木杆秤

恩存叔人挺老实，但却是个有想法的人。西路家庄实行联产承包后，耕种都由自己决定，人们摆脱生产队管理，空余时间多了，那个时候，重农轻商思想深入人心，做小买卖还是件叫人不好意思、甚至感觉丢人的事情，不像现在，那会儿很少有做小买卖的。而出去打工还尚未流行，也没有那么多工可打。恩存叔等一帮接受过初、高中教育，有知识、有文化的年轻人，决定成立个鼓号队，在村里搞点动静，给西路家庄的生活添一份鲜活和热闹。他和云军、云兴、云刚、云生、云秋、魏子传，后来还有云海，你三十元，我四十元地凑了钱，买了一面大鼓、两面小鼓、一对大镲、三支短号、两支长号，于春寒料峭的一天晚饭后，来到场院上，喊声"一、二"，开始了第一次演出。他们上学时吹打过，有的虽然没吹打过，也见过。

顿时，号声嘹亮，鼓声阵阵，奏出西路家庄年轻人不甘被土地束缚，向往未来的心声。

先是小孩跑来了，接着，大人也来了。

以前，只有举行庆祝活动、游行和过年慰问烈军属等，才由学校组织表演的鼓号，现在却由一帮年轻人为了打破劳动后的寂寞于闲暇时间吹打起来了。大家先是惊讶，进而感觉到社会不一样了，一个新时代来临了。果然，紧接着，收酒瓶子的、做豆腐的、建砖窑的、开粉坊的、外出打工的，纷纷出现了，西路家庄的生活历史，翻开了新的篇章。

恩存叔用换大米赚的钱，买了台十二马力小拖拉机，到村里砖窑上拉砖挣钱。一拖拉机一趟可拉一千六七百块砖，一块砖能赚五分钱。一般在临淄境内送，有时也到张店，最远曾跑到东营等地。当时，西路家庄这样的小拖拉机有七八台，大多在砖窑上。砖窑生意好的时候，供不应求，到处都在搞建设，不管是单位、集体还是个人，整个中国就像一处大工地。很快，一些小拖拉机换成了大拖拉机，大拖拉机又换成了汽车。恩存叔的邻居、我大爷家的侄子绵东也买了一辆，福田。每天天不亮起床，往沾化、寿光拉砖，一天三趟。紧赶慢赶，最后一趟回来时已经二十点了，马不停蹄装好砖，到家睡大约四个多小时，爬起来接着跑。没过几年，他又花费二十四万元，买了一辆载重十六吨、总质量二十五吨的一汽青岛高栏货车。砖窑停烧后，通过手机上的货拉拉网揽活。日照、东营、邹平，哪里有活，就到哪里。现在，他拥有两辆货车，一台大型联合收割机，一台农用机动三轮，还有一辆轿车。

鼓号队的路云海，在西路家庄青年纷纷走出去，洗净两腿泥，背着铺盖卷闯世界时，也到一个建筑队当了小工，

第五章　终将远去

天天搬砖、推沙子、扛水泥，不过，没多长时间就离开了。他个子矮，体力差，承受不了。临淄区政府所在地辛店，靠南边老火车站那里，建了条批发街，天天人头攒动，生意红火，路云海以每年一万七千元的价格租了个二百平方米的门面，进行劳动保护品零售和批发，工作服、工作鞋、手套、安全帽，凡是劳动保护品，全都经营。买卖不错，生意越做越大。到二〇〇四年，他直接租下原先辛店粮所的厂房，不再零售，专搞批发。骑着自行车联系业务，蹬着三轮车送货。五年后，回西路家庄成立了一家经贸公司，注册资金三十万元，成为一个品牌产品在淄博的总代理，卫生纸、手套、拖把、纸杯、保鲜膜……所有这个品牌的产品，他全部经营。除了淄博，外围还延伸到博兴、青州、寿光、广饶等地。雇佣十名员工，年营业额一千万元。

　　大约十几年以前，西路家庄的称东西，都用木杆秤。二十世纪六十年代以前，还有十六两秤，就是一斤重的东西，在这种秤上表示为十六两，秤盘是黄铜的，形状似一个开口的插子，秤系是用马尾编的。用这种秤买卖东西，专门有一个换算口诀，西路家庄的老人虽然大多没读过书，口诀却都会，"一退六二五，二一二五，三一八七五，四二五，五三一二五……"就是一元钱一斤的东西，十六两秤上一两为六分二五，二两为一角二分五，三两为一角八分七五，等等。

　　那时，秤的标准很多，不但有十六两的，还有一斤相当于现在一斤半的，和新中国成立后实行的十两一斤的，等等。各种秤的标准不一，赶集、做买卖，容易出现斤两上的混乱。有些秤是私人秤匠做的，没有经过计量部门的审校，斤两更是不标准。一九八三年，我父亲和寿存叔、云水哥、恩存叔、徐冠厚哥，以一年一千五百元的承包价，包了西路家庄荆山上的苹果园和山上的柿子树。霜降过后，柿子成熟了，橘红色，一片。五家联合采摘下来到集上卖，我父亲和我弟弟，每人用自行车驮着七十斤，到了博兴。家里只有一杆秤，为了卖时方便，赶集的前一天晚上，母亲到杏存叔家借了一杆，这杆秤是会做秤的人私人制作的，没有经过计量部门标定，到集上还没开张，市场管理的过来，拿起借来的秤看了看，拿过秤砣一称，给没收了，说不标准。我父亲和我弟弟，只好用一杆秤卖完了柿子。回来后，把我们家的秤顶给了杏存叔。

　　二十世纪六十年代以后，西路家庄才有了磅秤，称重东西，不用木杆秤分秤称了，也不用称时两个人在秤系里穿上根杠子抬着了。集市上进行粮食交易，不用斗僧的斗了，由市场管理的过磅，每过一次，根据交易额度，收取一定的费用，这个费用，交易之前，由买卖双方商定好谁来支付。

　　有一次，父亲用布袋背着三十斤地瓜干到卫固集卖，一角四分钱一斤，卖给了一个人，秤钱由那人出，两人到磅秤上过磅，二十七斤，那人赶紧把地瓜干提下来，装进他的布袋，给父亲钱。父亲嘟囔着，迟迟不肯接，说在家用木杆秤称过，三十斤，咋还成二十七斤了？就是有出入，也不会这么大。那人说，公家磅秤过的，还能有错？父亲要求再称一下，那人说，秤钱你出？二人在旁边争执起来，一个市场管理人员过来，问清了怎么回事，对过磅的说，给他们复一下磅，不另收钱，地瓜干又放了上去，三十斤。原来第一次过磅时，等待过磅的挺多，那人趁过磅的不注意，紧贴地瓜干布袋，秤那边用一只脚脚尖将布袋的一个角朝上挑着。这个市场管理人员像个领导，说话不紧不慢，但非常严肃，问那个买地瓜干的，你是哪村的？刚才怎么回事？那个人赶紧说，我错了我错了，被市场管理批评一顿，走了。

以前赶集，买卖双方还经常为秤高秤低发生争执，因为木杆秤高一点或低一点，分量上是有出入的。要是买卖贵一些的东西，出入就比较大了。以前，有到村里卖豆油的，水桶挑着，或用独轮车推着油桶，用带秤盘的木杆秤，先在秤盘上洒些油，到村里后，别的地方不去，专找地上有土的地方。打油的把油渍麻花的瓶子提出来，谈好价格，卖的用木杆秤称好空瓶子，秤盘往有土的地方一放，提子提油朝瓶子里灌上些，称称，又灌上些，再称称，没有一次好的，往往要反复两三次甚至更多，因为秤盘底上有油，粘土，放一次，粘一次，土占分量。卖完这个客户后，趁没人，用带油的抹布将秤盘底一抹。再卖，还往有土的地方放。如果秤再稍低一些，一桶油能多卖出不少。那时，油坊是生产队或村里的，个人不允许开，出来卖都是定好最低价，称好油的数量，卖完后按这个往回交卖油钱，多出来的归自己。会卖的，卖一次油能收入不少钱，俗称"会玩秤"。

现在都换了电子秤，标准统一，斤两已经十分精确了，除非秤本身有问题，个人没法掺假。我们家现在也有一台电子秤，父亲为卖桃花一百三十元买的，输入多少钱一斤，桃朝上面一放，立刻就会显示出重量和钱数，简便还准确。

木杆秤没人再用了。

我在给恩存婶子家的木杆秤拍照的时候，院墙外又传来了收旧物件的吆喝声，到西路家庄探寻以来，这已不知是第几次听到了。他们都是从外边来的，骑着三轮摩托车，车上有电喇叭，在村街上转来转去，大到桌子、椅子，小到簪子、挖耳勺，只要是旧物件，全收，越旧越好。出个

旧物回声·记忆中的乡愁

· 200 ·

白菜价，一副给你这些钱已经让你捡个便宜赚大了的样子，十元二十元，把一件旧物件装车上了。西路家庄的旧物件，在这种一遍遍的淘洗中，一件件离去，越来越少了。

墨存叔高个子，住父亲的西边，有头脑，他知道我在对村里的旧物件进行探寻，有一天找到我，说你弄个博物馆吧，把咱庄的旧物件都收集收集，放博物馆里保存起来。这个提议非常好，实施起来却不容易。首先，得有房子，还得是座像个样子的房子，漏雨透风不行不说，破了，也不像博物馆的样子；其次，既然叫作博物馆，里面的物件一定得有些规模，在收旧物件的一遍遍进行收购后，村里还能有那么多吗？即使有，这些物件怎么收集起来？捐赠还是购买？要是捐赠，能收集齐吗？而购买的话，得出多少价，谁来定？以后升值了，原拥有者反悔了，想再要回去怎么办？这都是问题。还有，如果建了博物馆，谁来管理，定期保护工作怎么做？凭我一己之力和微薄的收入，恐怕难以支撑。

西路家庄的旧物件，终将会远去的，不管是木杆秤，还是剥玉米粒擦子、步犁、升，也不管是水泥大瓮、独轮车、风箱、地瓜刀，还是老式桌子、大铁锅、油灯。就是现在正使用的所有的新物件，有一天也会褪尽芳华，失去颜色，变成旧物件，然后离去的。这是规律，也是历史必然。

中国在变迁。

后记

　　整理好拍摄的一百多张照片，还有五本记录、二百多张卡片，我走出父亲的院子，又一次来到村西头这条南北大街上。探寻以来，有多少次曾走在这条大街上，已记不得了。而每一次行走，都感到无比温暖、无比踏实，与晃动在城市柏油路上的那种虚飘，是截然不同的，这是西路家庄，我的故乡。

　　我自豪，出生在了这个地方。童年里，那田野上耕地的老牛，村落里飘升的炊烟，西天上绚丽的晚霞，坑塘中游动的鸭子，都给予了我深刻的印象。

　　记得那时，每到秋天高粱成熟的时候，逢下雨，荆山上都会有一种叫老油的昆虫，长长的，黑色，两条须，会飞。揪去翅膀，浸上盐，用锅煎一煎，非常好吃。因此，一到下雨，我们会戴上苇笠，冒雨在山坡上逮，草里爬的，直接捡起来放瓶子里；离地一米来高飞着的，会立刻跑上去，用苇笠打下来，装到瓶子里。山顶上有一种荆秧蘑，长在草丛里，白白的，味道鲜美，立夏以后，我们会提着

旧物回声·

记忆中的乡愁

篮子去拾。往往发现一个，拾起来后一抬头，这里那里的，还有，连着就是好几个，叫人喜悦无比。我们也到东边的乌河里捉鱼。挑选一个水不太深，水流也比较缓，河面还在苇丛相对僻静的地方，用铁锹挖泥，筑起一个孤立的小小的水坑，然后用脸盆把里面的水舀干，鱼、螃蟹、虾，能捉好多。

这些独特的经历，丰富了我的文学素养，使我的写作，始终朝着乡村这个方向，不管别人喜不喜欢，一直坚持着。因为我是喝村里的老井水长大的农民的儿子。

我想起了我的大妹妹，因为家庭困难，初中没读完便辍学回家挣工分，她喜欢诗歌，空里读诗写诗，作品上过当地的报纸、杂志，被叫到区文化馆参加了诗歌创作学习班，但因为是女孩子，没有能够继续发展。有一次，母亲在大锅上捏了一锅窝头，让她烧火，她一边拉风箱，一边拿着几页诗稿修改，眼前虽然是灶膛里跳跃的火苗，脑子里却全是长长短短的诗。院子里洗衣服的母亲闻到一股煳味，吸溜着鼻子到灶房一看，盖垫上面呼呼冒烟，一锅窝头全煳了。她拿起棍子，追着大妹妹就打，都到了街上，边追边说，整天点灯熬油地写"湿"，你还写"干"嘞！一个闺女家家的，再写，我打断你的腿！大妹妹一顿号哭，当晚，流着泪水，把上房里间她临时搭的一个简易书桌上的诗稿全都撕掉，再不写了。一株诗歌的苗子，刚刚绽开芽瓣，从此，夭折了。有时看到大妹妹，我心里就悄悄想，如果她一直坚持着呢？却也只能在心里悄悄地想想了。

农村里，重男轻女的现象，不光在过去，现在依然存在。要想彻底根除，得经过一段漫长的历程。

感谢我的父亲，给我提供探寻线索，帮着寻找旧物件，联系探寻对象，使我的探寻得以按计划完成，如果没有他的帮助，也许，我的探寻现在还在进行中。

感谢村里的父老乡亲，感谢他们在我探寻中所提供的各种方便，这本书，就是献给他们的。

玉　荷

二〇一九年五月

旧物回声·

记忆中的乡愁

图书在版编目（CIP）数据

旧物回声：记忆中的乡愁 / 玉荷著. —北京：农村读物出版社，2020.3

ISBN 978-7-5048-5802-3

Ⅰ.①旧… Ⅱ.①玉… Ⅲ.①散文–中国–当代 Ⅳ.①I267

中国版本图书馆CIP数据核字（2020）第017821号

旧物回声：记忆中的乡愁
JIUWU HUISHENG：JIYI ZHONG DE XIANGCHOU

农村读物出版社出版

地址：北京市朝阳区麦子店街18号楼

邮编：100125

责任编辑：潘洪洋

版式设计：杜　然　责任校对：赵　硕

印刷：北京通州皇家印刷厂

版次：2020年3月第1版

印次：2020年3月北京第1次印刷

发行：新华书店北京发行所

开本：880mm×1230mm　1/32

印张：6.75

字数：150千字

定价：27.80元

版权所有·侵权必究

凡购买本社图书，如有印装质量问题，我社负责调换。

服务电话：010 – 59195115　010 – 59194918